天長地久
有限公司

東澤——著

Infinity Oath

在家樂福遇見買炭少女

我在大直家樂福的烤肉用品區看見她。

當時我的推車裡已經裝滿了烤肉食材、竹籤、夾子和烤肉架，只差木炭就可以去結帳，但我卻遲遲拿不定主意。備長炭、竹炭、龍眼炭、椰子炭、速燃炭，究竟要追求無煙無灰還是火力穩定還是高燃燒時間，這是一個關鍵問題，馬虎不得。就在這時，女孩走到我和層架中間，抱下一袋速燃炭。

女孩轉身的時候，我們對上了眼。我從沒有看過那種眼神，完全的無機質，不存在半點生命氣息，就像玻璃彈珠一樣的眼睛。

我無法解釋地感到一陣顫慄。

女孩移開視線，面無表情地把木炭丟到空蕩蕩的推車裡，裡頭只有一捆絕緣膠帶。

彷彿有把鐵鎚往我頭上重重敲了一下，看不見的燈泡倏地亮起來——這女生該不會打算燒炭自殺吧？

女孩推推車走向大排長龍的結帳櫃檯，我也趕緊拿了一包速燃炭，跟在女孩身後排隊結帳。

等待時我偷偷觀察女孩，她看起來跟我差不多年紀，十六七歲模樣，但臉上卻沒有半點這年紀該有的青春活力。她神情漠然，像盆栽一樣幾乎不動，眼睛也不看向任何地方，彷彿整個世界都跟她無關。

望著她越久，我就越肯定自己的猜測，這女孩打算自殺。

我左右四顧，都沒有人發現這件事嗎？帶小孩的家庭主婦，打鬧的情侶，玩手機的上班族，隊伍裡沒有人注意到這位準備買炭自殺的女孩，只有我。

我將最後的希望放在結帳阿姨身上，一大袋木炭搭配可以將門縫窗戶封死的絕緣膠帶，正常人肯定會起疑吧。

但我錯了，去銀行提錢還會被關心是不是詐騙，買自殺用具卻沒人會看一眼，這世界的本質讓我感到不可思議。

女孩結完帳走出去，我看著她的背影消失在門口，胸口突然像梗了硬物般透不過氣。一付完錢我就抓著裝滿烤肉用品的塑膠袋衝出去，下午的日光明亮地鋪滿馬路，我在路的盡頭看見女孩的背影。

我鬆了口氣。

我開始尾隨女孩，我跟著她走過汽車旅館，走過停車場和宮廟，走過高爾夫球練習場。女孩最後走進美堤河濱公園，在一張長椅坐下來，面無表情地望著深色河水。

我在二十公尺外假裝踩著滑步機，腦子一片空白，不知道該怎麼做。我看著女孩，女孩看著河水，空氣乾乾的，風像是偶爾想起來才吹一下。

最後我走下滑步機，決定去坐在女孩身邊。

真的不行的時候，至少找個人說說話吧，他們不是都這樣說嗎？

女孩像是感知到我的來意，突然站起身，往另一個方向走開。我愣了半晌，剛鼓起的勇氣瞬間消散了，只能繼續遠遠地跟著她。

女孩先前像機器人般的固定步伐改變了，她加快速度走出河濱公園，彷彿有意要甩掉我。我加大步伐，不時小跑步，才能勉強讓她不要離開我的視線。

突然，女孩彎進巷子，在一棟大樓前停下，低頭在包包裡掏著鑰匙。

她家到了。

等她進去那扇門後就來不及了。

我用跑百米的速度衝到她身後，球鞋發出橡膠摩擦的聲音。

「同學！」

女孩停住動作，好似一個世紀那麼長的靜止，然後她轉過來，看著我。

一樣的無機質眼睛，不帶情緒的透明視線彷彿能看穿我的靈魂。

我們就這樣對望著，然後，我想也沒想地舉起手中的塑膠袋。

「要不要一起烤肉？」

✦ ✦ ✦

我一面生火一面思考一個問題：為什麼小優會答應跟我一起烤肉？

小優是買炭女孩的名字，此刻她隔著一段距離抱著腿坐在地上，神情淡漠地看我生火，氣氛相當微妙。路過公園的人可能會以為我們是兩個毫不相干的人吧，實際上也真的是這樣沒錯。

火一直沒有生起來，但我是故意的。

「我這袋木炭好像受潮了，可以用妳那袋嗎？」

小優點頭。

我很快把她的速燃炭拿來，扯開包裝倒出全部黑炭，這樣就沒問題了吧，至少小優今晚沒辦法燒炭了。

我對自己的機智十分滿意，開始專心生火，火很快就燃起了。我架上鐵網，放上今天第一塊肉片，香味隨著滋滋聲一起湧出。

我把烤好的肉夾在生菜和吐司裡遞給小優。

「有點燙喔。」

小優接過去咬了一口，眼中的無機質瞬間消失了，我第一次在她臉上見到情緒。

「好好吃。」小優瞪大眼又咬了一大口，看起來就像一個再普通不過的高中女孩。

我放上更多肉片，開始烤貢丸和香腸，青椒跟杏鮑菇，每樣東西小優都吃得津津有味。她移動到我身旁，幫忙翻動竹籤，臉龐被炭火燒得發紅。

「我都不知道烤肉原來這麼好吃。」小優說。

「講得好像妳沒烤過肉一樣。」

「今天是我第一次烤肉。」

「真假？」我十分吃驚，「妳從來沒烤過？」

「沒有。」

我好像明白了什麼。

「所以妳才會答應來跟我烤肉。」

因為這是一件妳直到死前都沒做過的事情。

「不是這樣。」小優說，「因為你報警的話會很麻煩。」

什麼？

「如果我沒有來跟你烤肉的話，你不是打算報警嗎，我不想要那樣，所以就跟你來了。」

我說不出話來。

之前我的確想過要是她進了大樓，我就只能找警察來幫忙了，但小優怎麼會知道？

「因為我會讀心。」

小優用沒有半點雜質的眼珠凝視我，整個世界瞬間安靜下來，我背上竄過寒顫，感覺自己此刻彷彿全裸。

「什麼啦，別開玩笑了。」我笑出聲音。

「你生日什麼時候？」小優沒等我回答就開口說，「三月二十六。血型呢？」

小優再次搶先我說出答案：「B型。你的大腦會自動對我的問題做出回應和聯想，還是不相信嗎？你現在想一個數字。」

479。

「479。」

等等，現在是什麼狀況？

「你剛剛故意生不起火，藉機把我的木炭用掉，這個我也知道。」小優說，「但沒關係，因為你是好人，而且你烤的肉非常好吃，所以我原諒你。」

哐。

我手中的烤肉夾脫手掉到地上，我出神望著小優，整個人動彈不得。

小優撿起夾子，說要拿去洗一洗，起身往廁所走。

利用小優離開的空檔，我重開機了我的大腦，讀心什麼的也太荒謬了，但此刻卻是不容我質疑的鋼鐵事實。

小優回來之後，我嚴肅地看著她。

「妳真的會讀心？」

「五十嵐珍奶。」

我投降了。

我剛在心中想她最喜歡的飲料是什麼。

「所以，妳從剛剛一直都知道……知道我以為妳打算……」

「燒炭自殺。」小優替我完成腦中的句子，「你不是唯一一個，剛才結帳的阿姨也這麼想，但她不想惹麻煩，她最近已經被客訴三次了，她需要這份薪水照顧生病的老公。」

我呆呆看著小優。

「是真的嗎？妳真的想要自殺？」

小優點頭。

我望進她倒映天空的藍色眼睛，裡面什麼都沒有。

「我可以問……為什麼嗎？」

小優低著頭沉默，突然她指著烤網上的貢丸。

「這可以吃了嗎？」

我愣了一下，轉動竹籤，貢丸外皮已經烤成誘人的金黃色，我把整串貢丸拿給她。

小優接過，咬下一顆貢丸，滿足地咀嚼。

「我很喜歡吃貢丸。」小優說，「每次煮火鍋媽媽都會買一大堆貢丸，小時候我一直以為媽媽跟我一樣也會讀心，她總是知道我想要什麼，喜歡什麼，我不用說半個字她就可以完全明白我的感受，長大後我才知道媽媽什麼能力也沒有，她只是比世界上任何人都愛我。所以當我說我不想去學校的時候，媽媽完全理解，她沒有叫我再努力看看，她說只有我們兩個也可以過得很好。」

我靜靜聽小優說話。

「我從小學三年級開始就沒去上學了。」小優說，「教室是我待過數一數二恐怖的地方，所有人的心聲都聽得一清二楚，誰討厭誰，誰取笑誰，每個人心中的祕密跟念頭都像朗誦一樣迴響在教室裡。如果只聽得到同學的心聲也就算了，老師的內心才真正恐怖，什麼有教無類為人師表都是假的，我不只一次被老師的心聲嚇到大哭，真的好可怕。」

我想像了一下，完全無法想像。

「後來我就在家自學，跟媽媽兩個人一起生活，沒有必要就不去人多的地方，那樣只會接收到各種惡意讓自己痛苦而已。為了不讓我成天悶在家裡，每天媽媽都會帶我去河濱散步，我們會坐在長椅上聊天，那是我一天中最快樂的時光。」

我想起剛剛一個人坐在長椅上的小優，媽媽呢？

「媽媽上禮拜過世了。」

我不需要讀心能力，也能看出此刻沒有表情的小優非常悲傷。我想要說些什麼，卻一個字也說不出來。不論是小優的人生，還是失去相依為命母親的痛苦，我都難以想像。知道原因又能怎麼樣呢，我絲毫不知道該怎麼安慰她，我覺得自己好沒用。

沉默在我們之間蔓延，但或許只有我覺得沉默吧，畢竟小優可以聽見我的心聲，想到這裡我又更難開口了，腦袋亂成一團。

「啊，焦掉了。」小優忽然說。

我愣愣看向烤網，被遺忘的肉片和甜不辣變得像柏油馬路一樣黑，已經不能吃了。

「怎麼辦？」小優聲音裡的擔憂把我拉回日常，既然我無法安慰她，那就做我可以辦到的事就好。

「烤焦也是烤肉的一部分啊，沒有烤焦根本不算有烤過肉。」我的口吻儼然是一名烤肉專家，我把整片烤網拿起來放到旁邊。「我們來烤棉花糖當作甜點吧。」

我拆開棉花糖包裝，把雲朵般的可愛棉花糖插上竹籤拿給小優，她眼中果然浮出期待光芒，不論她有怎麼樣的超能力，她終究是個沒吃過烤棉花糖的少女啊。

而且，她肯定還有很多好玩的事情沒有做過。

「妳有去過湯姆熊嗎？」我問小優。

✦✦✦

說服小優去湯姆熊遊樂場比約她烤肉困難了一點。

我看得出她心動了，只是仍有些擔心。我向她保證只要她覺得不舒服我們就馬上離開，小優才終於答應。

路上都是剛放學的高中生，小優始終低著頭走路，不發一語，眼珠又回復成無機質模樣。我似乎漸漸可以理解了，那是她讓自己和外界隔開的保護模式。

我們進到百貨公司等電梯，好不容易電梯終於來了，小優卻突然拉住我。

「搭下一班。」小優低聲說。

電梯裡有一名外貌體面的西裝男子，他微笑問我們要進去嗎，我搖搖手。

電梯門關上後我問小優：「怎麼了嗎？」

小優緊抿著唇，一句話也沒說。

我們搭下一班電梯上到頂樓的湯姆熊，我以為機台的吵鬧聲響和混亂燈光會讓小優不自在，但她看起來反而比剛才輕鬆一些。

小優好奇地四處亂逛，像是來到異世界的愛麗絲。她沒有避開人群，正好相反，只要碰見有人在玩遊戲機台，她就會停下腳步觀看，一次也沒有例外。

此刻我和小優站在一個玩太鼓達人的男生身後，一起看著鼓點準確地敲在節拍上，我們已經默默看好幾分鐘了。

「這裡好棒。」小優突然轉頭對我說。

「這家去年才開，機台都是最新的。」

「不是電動。」小優把視線移回男生身上，「在這裡大家都專心想著遊戲的事，腦中除了遊戲什麼也沒有。」

原來如此。

「妳有想玩什麼嗎？」

「我想玩那個。」

出乎預料，那是毫無聲光效果的傳統遊戲「桌上曲棍球」，兩人分別站在桌子兩側，抓著敲擊把手將桌上滑動的塑膠圓盤撞進對方洞口就算得分。

我們連續玩了七場，玩到小優說她手痛了才停止。

「我從以前就好想玩這個，終於有人陪我玩了。」小優看起來很滿足。

因為這句話，我又找她一起玩賽車遊戲，然後是射擊遊戲和格鬥遊戲，我們幾乎玩遍所有能兩人共玩的機台。起初我邊玩還會想著小優有了朋友一起玩，或許就不會自殺了。但後來我就什麼都沒在想了，只是全心玩著遊戲，就像湯姆熊裡的其他人一樣。

格鬥遊戲玩得差不多後，我指向角落一台機器，廣義來說那也算是兩人共玩的機台。

「要不要去玩那個？」

「那是什麼？」

「拍大頭貼的，妳拍過嗎？」

「沒有。」

小優好奇地走向拍貼機，我卻突然僵住無法動彈，全身血液凝結，他們怎麼會在這裡？

「哎喲，這不是達哥嗎？」

三個男生手插口袋朝我走來，為首的染髮男生綽號鬼洗，是我們班的問題人物，另外兩個是他的跟班，瘋狗和大胖。

鬼洗笑嘻嘻把手繞過我肩膀，親暱地摟著我。「達哥怎麼會在這裡，好巧喔。」

我低著頭，無法控制地發抖。

「一定是知道我們今天太無聊，來陪我們玩的吧。」瘋狗伸手用力擰我的奶頭，我痛得縮起身體，大胖在旁邊嘿嘿笑。

「走吧達哥，這裡人太多了，我們換個地方玩。」我被鬼洗勒著走，他的力氣大得驚人，我絲毫無法反抗。

我瞥見站在拍貼機旁的小優，她正疑惑望著我。我很快移開眼神，不能把小優扯進來，要去哪裡都可以，趕快帶我離開這裡吧。

但還是遲了一步。

「阿達。」

小優的聲音讓所有人都停住動作。

「你要去哪裡？」

鬼洗看看小優，又看看我，眼中惡意閃爍。「她跟你一起？」

我看著地上，搖頭。

「你們是阿達的朋友嗎？」小優說。

不要再說了，快走啊。

「當然啊。」鬼洗咧開笑顏，用力搖我的肩膀。「我們可是最好的朋友。」

妳不是可以讀心嗎，趕快離開這裡啊。

「達哥你真不夠意思，有這種正妹朋友也不介紹一下。」瘋狗笑著用手肘頂我，視線卻緊緊黏在小優身上。

「達哥的朋友就是我們的朋友，一起玩啊。」大胖嘿嘿笑。

不可以，絕對不可以，妳快點走啊。我雖然在心中大喊，卻不敢看向小優，只能害怕地低著頭，身體止不住顫抖。

下一秒，我聽見小優不帶情緒的無機嗓音。

「為什麼你要跟他們一起欺負別人？你明明就很想回家，你阿嬤不是在家等你回去嗎？」

遊樂場的吵雜聲響彷彿瞬間消失了，沒有人開口說話，我緩緩抬起頭，小優的視線像沒有溫度的雷射光，筆直停在瘋狗身上。

「你們認識？」鬼洗看向瘋狗。

瘋狗愣愣搖頭，神情困惑又驚嚇。

「你忍耐很久了吧，大黃的事一直讓你很有罪惡感。」

小優的話讓他們三人的臉色瞬間變了。

鬼洗突然放開架住我的手，轉身用力推瘋狗。「幹是怎樣，不是說好不說出去！」

「我沒說啊！」瘋狗激動反駁。

「沒說她怎麼會知道大黃，你當我白痴喔！」鬼洗又用力推了一下，瘋狗一個踉蹌差點跌倒。

「我怎麼知道，我就真的沒說啊！」瘋狗提高音量，也出手推回去，兩個人開始推擠，衣服被扯到變形。

「欸不要打了啦。」大胖試圖分開兩人。

「迪克小寶寶。」

小優沒有起伏的平板嗓音再度像石化魔法凍結場面。

「你腦中為什麼一直有這幾個字，迪克小寶寶？」

我很快就看出小優說話的對象是誰了，所有人都面露疑惑，只有鬼洗的臉像被卡車輾過一樣不成人形。

我從沒有見過那麼猙獰的一張臉。

小優面無表情地盯著鬼洗，像盯著一條被剖開曬乾的魚，她的視線讓我不寒而慄。

「你是媽媽的迪克小寶寶，媽媽心情不好的時候，她就會叫你去她房間，她要你不能說出去，這是你們的小祕密。」小優頓了一下，「什麼小祕密？」

下一秒，小優瞇起眼睛，像看見什麼刺眼的東西。

「閉嘴……」聲音從鬼洗齒間痛苦地擠出來，他的身體正劇烈震顫，緊握的雙拳布滿青筋。「給我閉嘴……閉嘴、閉嘴、閉嘴！」

我衝到鬼洗和小優中間，下個瞬間，我已經倒在地上，鬼洗的拳頭以看不清的速度瘋狂落下來，視野暗去，只聽見不斷有人吼著閉嘴。

在我暈過去之前，瘋狗和大胖及時把鬼洗從我身上拖走。

我衣服上濺滿了鼻血，小優好不容易才將我扶起來，她看起來快哭了，原來她也有這種表情。

鬼洗頹坐在地上，還在喃喃唸著閉嘴，先前的殺氣已消失無蹤，原本高大的他好像瞬間縮小了一號，看起來無助又脆弱。瘋狗和大胖垂手站在一旁，神情茫然，像兩個迷路的孩子。

✦ ✦ ✦

在電梯裡小優一直和我道歉，她看起來相當懊惱。

「要不是我，你也不會變成這樣。」

「要不是妳，我現在已經不知道被他們帶去哪裡，整成什麼模樣了。」

「他們不會再找你麻煩了。」小優很快說，「相信我。」

我相信。

雖然我被痛扁一頓又流了一堆血，但離開前我望著他們三個人，體內第一次沒有泉湧出害怕的感覺。

我和小優走出百貨公司，天已經黑了。

「你家在哪裡？」小優問。

我還沒開口，小優就直接往左走。

「我家也在那個方向。」小優說。

我們並肩默默前進，沒有人開口說話。一路上我努力放空腦袋，但越是這麼想，就越是無法控制地冒出各種念頭，像飛魚躍出水面又落下。等一下就要這樣分別了嗎？小優回家後是一個人嗎？小優還會想自殺嗎？小優會不會晚點又跑去買炭？

小優肯定能聽見我的心聲吧，但她卻一句話也沒說。我偷看她的側臉，表情和先前相比稍微生動了一些，但依舊看不出情緒，要是我也能讀心就好了。

我在一個路口拉住要過馬路小優。

「走這邊。」我說。

「你家不是在那個方向嗎？」

「我習慣走這條路。」

「但我想去那邊的小七買個飲料。」

小優不等我回答就走過馬路，我只好追上去。沒事的，我對自己說，她只是去買個飲料，沒事的。

很快小七的招牌就出現在前方，我心跳開始加速，腳步越來越沉重。

「我在外面等妳。」我朝小優的背影說。

小優回頭看了我一眼，轉身走進小七。

小七旁邊是一家沒開的通訊行，我站在拉下的鐵捲門前等待，一顆心七上八下。

只是湊巧罷了，我剛才完全沒有想到這間小七的事，所以小優不可能知道，一定只是巧合。

小七的自動門打開，一個身影跑出來，卻不是小優。

穿超商制服的建智站在我面前，他是我最好的朋友，也是害我開始被鬼洗一夥霸凌的元凶。

我們已經半年沒說話了。

此刻他的眼神讓我動彈不得。

「阿達……」建智哭喪著臉，像做錯事的小孩。「好幾次我都想跟你說，卻一直鼓不起勇氣，我不應該那樣做，我從沒碰過那種情況，我反應過度了，不對，我根本沒有藉口，我就是錯了，隔天我就後悔了，我真的沒想過會傳到鬼洗那裡……」

眼淚滑下建智的臉頰，這個我暗戀過的男孩明明說自己從來不哭的。

半年前我和建智告白，我沒有期待任何結果，只想好好說出我的心情，然後好好放下。這份感情是我人生至今最珍貴的祕密，但建智卻輕易地把它說了出去。早在鬼洗他們找我麻煩之前，我的心就已經死了。

「對不起，你可以原諒我嗎？」

我不知道幻想過多少次建智對我這麼說，但在夢想成真的這一刻，我卻發現自己沒有答案。

一個男人從小七跑出來，神情不耐。「欸大哥，大家都在等你結帳！」

「……來了。」

建智抹抹臉，後退走向小七，目光一直停在我臉上。

「我九點下班去你家樓下找你，我們再聊？」

我沒有說好，也沒有拒絕。

「就這麼說定嘍。」走進小七前，建智對我比大拇指，露出他招牌的陽光笑容。

那笑容讓我記起曾努力隱藏心意、不知如何是好的自己，我在原地出神了好一段時間，才想起帶我來這裡的讀心女孩。

小優不見了，她不在小七裡面，她不知何時離開了。

我開始朝她家的方向走去，腳步不自覺加快，無法解釋的焦躁縈繞心頭。

我想起先前小優沒有回答我的問題，她聽到了，但她沒有回答。

妳還會想自殺嗎？

小優帶我來小七是不是為了要甩掉我，不讓我有機會阻止她？

等我注意到的時候，我已經在用全速奔跑了。我氣喘吁吁，側腹痛得要命，但我沒有停下腳步，因為每一秒都可能是生死關頭。我憑著印象找到小優住的那條巷子，但大樓大門無情緊閉，電鈴密密麻麻有六十幾戶，我要怎麼找到小優？

我拿出手機，用顫抖的手指壓下一一〇，到頭來還是只剩下這個辦法了。

但我的拇指卻懸在空中，遲遲沒有按下撥號鍵。

不對。

我轉身衝出巷子，大步狂奔，冷風像刀子割過皮膚，卻反而讓我腦中的念頭更清晰。小優離開是因為她又變回一個人，我或許知道她會去哪裡了，我像是沒有明天一樣全力衝刺。

終於，我煞住腳步，在路燈的微光中瞇起眼睛確認。

果然沒錯。

今天第二次，我走向河濱公園長椅上的背影，但這次女孩沒有起身離去。

我在小優身旁坐下。

「你怎麼知道我在這裡？」小優驚訝看著我。

「我也會讀心。」

「你才不會。」

我的確不會讀心，但真的是這樣嗎，或許我們所有人都有讀心的能力，只是我們都忘了怎麼去用，忘了必須要先用心聆聽。

「妳早就知道了？」我問。

「嗯。」小優點頭。

「什麼時候發現的？」

「你在買炭的時候，你在想哪一種炭燒起來死亡率最高，整個烤肉用品區都是你的心聲。」

原來如此，小優就是在那時知道小七和建智的事。

「我也讀到鬼洗這個名字。」小優說，「但直到在湯姆熊見到他後，我才知道他們對你做了什麼事。」

我沉默，靜靜看著黑色河面，晚上的河濱公園安靜得像被世界遺棄了一樣。

「妳怎麼知道建智會跟我道歉？」

「我不知道。」小優說，「我只是想去看看，一進店裡我就走到建智面前，說我是阿達的朋友，然後我就知道沒問題了，我只需要再說一句話就好。」

「什麼話？」

「阿達在外面等你。」

我眼前浮現建智那張哭喪的臉，鼻頭突然熱起來，明明剛才都沒有想哭的。

某個柔軟物體忽然貼上我的手，我愣了一下，才發現那是小優的手。她把手輕輕放在我手背上，熱度傳過來，燙燙的很溫暖。

我從不知道人的體溫竟然可以這麼幸福。

「其實我說謊了，我不是怕你報警才跟你去烤肉。」小優說，「你自己可能也沒發現吧，但在你的內心深處，你在大聲求救喔，你希望有人可以救救你，誰都好，只要有一個人能看見你的痛苦，聽你說話，讓你能撐過這一天就好。」

等我發現的時候，眼淚已經流下來了，無法控制地一直流。

我一直以為自己在幫小優，原來被拯救的人，是我。

我把手翻過來牽住小優的手，掌心貼著掌心，沒有縫隙地緊緊握著。我一句話也沒說，甚至也沒有想任何事情，就只是牽著小優的手，因為這是此刻全世界最重要的事。

微風如涼水流過我們相握的手，空氣安靜得很美好。

我知道妳也和我一樣，妳也在等待一個人看見妳的痛苦，聽妳說話，陪妳撐過漫長的每一天。

妳還會想自殺嗎？我在心中用比羽毛還輕的聲音開口問。

小優轉頭靜靜凝視我，澄澈的眼珠裡有無數星星閃爍。

「還想喔，或許每天都會想吧，但今天是我第一次覺得，能夠讀心，好像還不錯。」

小優第一次露出符合年紀的純真笑顏，我發現她有兩顆可愛的小虎牙。

「可以再陪我坐一下嗎？」小優說。

我握緊小優的手，什麼也沒說，什麼也不需要說。

人屍之間

一如往常，張默在清晨六點十八分睜開眼睛，然後就再也睡不著了。

他下床，走進曾是嬰兒房的多功能室，健身半個小時。他驚人的訓練強度早已使他成為隊上最壯的人，但那並非他的目的，他只是需要汗水和乳酸來放空腦袋，撐過一天中最難熬的時刻。

淋浴後，張默微波早餐來吃。外頭天已經亮了，但屋內仍舊昏暗。這間公寓採光糟糕，濕氣太重，住久了容易生病。筱晴曾說這只是暫時的，他們很快就會搬到更適合孩子長大的地方，結果他卻住了超過十年，今後也打算繼續住下去。

電視傳出整點新聞的開場音樂，張默沒有看，他開電視是為了趕走寂靜。直到主播說今天一早聖殿外就大排長龍，張默才扭頭看了一眼，那是他工作的地方。

這一刻張默才想起來，今天是九號，死亡之日。

八點十分張默準時出門上班。他有一台灰色小車，二手的藍鯨37S，停在社區停車場。

遠遠地他就看到王媽媽的瘦小身影，她總是在停車場入口等他，待他走近後，王媽媽就會朝他舉起一塊紙板。

紙板上有四個大字：殺人凶手。

王媽媽面無表情地盯著張默，他從王媽媽身邊走過，沒有看她一眼。

好幾年前他還會跟王媽媽點頭招呼，或是道個早安。但王媽媽永遠沒有反應，始終沉默盯著他。最後張默也放棄了，當那是一尊雕像。

張默可以理解王媽媽的心情，但他不是殺人凶手，他沒有殺過任何人，王媽媽的女兒至今也還沒有死。

但沒有死，並不等於活著，兩者之間還有廣大的灰色地帶，無邊無際，伸手不見五指，張默比誰都清楚這一點。

後照鏡中王媽媽的身影越來越小，紙板始終高高舉著。張默扭大電台音樂音量，開出社區，駛上環牆道路。他家就坐落在禁牆旁邊，這裡的房租最便宜。禁牆原本只有六公尺，後來又陸續加蓋到十三公尺，以確保牆內的人類安全無虞。

曾經，地獄只存在想像的死後世界，但在這個後活屍世代，禁牆外就是地獄。

十五年前豬屍流感爆發時，網路上紛紛出現活屍電影做成的搞笑梗圖，但很快人類就笑不出來了。豬屍病毒突變成能傳染人類的活屍病毒，瞬間就席捲世界。短短一年地球人口便剩下八分之一，核彈發射了兩次，無數政府垮台，但依舊阻擋不了活屍末日降臨。

最後是一家名為藍鯨的南非藥廠拯救了人類，開發出短期活屍疫苗，施打後兩週內就算被咬也不會變成活屍，終於控制住傳染速度。

擁有疫苗和軍隊的藍鯨在世界各地建立避難村，難民可以在裡頭工作換取疫苗和保護。避難村規模逐漸擴大，人類慢慢奪回被活屍占領的區域，最後蓋起隔絕活屍的高牆，世界末日結束，藍鯨政體誕生。

那僅僅是十三年前的事，張默卻感覺像是過了三十年。

臺灣區的禁牆圈起了大半的彰化和雲林，這是當年西部災情最輕的兩個地方。曾經有群義勇軍組隊一路向北殺回去，打算收復首都，最後只有兩個人活著回來，一個精神失常，另一個說他們連台中都過不去。

張默的車速不慢，但他仍注意到禁牆上多了新的塗鴉，就在違法噴漆「藍鯨吃屎」的左邊，官方標語「禁止塗鴉」的右邊，有人畫了一扇鐵窗，窗外有藍天和綠地。

張默知道那不是真的，窗外不只有藍天綠地，還有成千上萬的活屍。如果沒有這堵牆，畫這扇窗的人可能已經是其中一名活屍了，人命永遠不該被浪漫化。

張默轉彎駛上通往中心區的快速道路。電台正播放羅大佑的〈鹿港小鎮〉，西北側的禁牆至今仍留有這首歌的歌詞塗鴉。「假如你先生來自鹿港小鎮，請問你是否看見我的愛人」。鹿港天后宮沒有被禁牆圈進來，媽祖仍在外頭和那些曾信仰過祂的吃人怪物在一起。

羅大佑唱完後，Limp Bizkit接著唱起〈Eat You Alive〉，下一首是Gotye的〈Somebody That I Used To Know〉，這是死亡之日的特別歌單。歌曲結束後，主持人聊起這幾天最火的話題，第四代活屍疫苗。

流行病學研究顯示超過八成的民眾施打疫苗，才可以確保活屍疫情不會突然爆發，因此活屍防疫法明定民眾有自費施打疫苗的義務。當年短期疫苗出現後，所有人都相信很快就會有終身疫苗，卻遲遲沒有研發出來。疫苗效期從兩週進展到兩個月，然後是半年，接著就停滯了，科學家們束手無策，直到最近才終於有了新突破。

第四代疫苗注射一次就可以維持一整年，效期變成兩倍，價錢卻是驚人的四倍。許多民眾都表示寧可繼續注射第三代疫苗，藍鯨發言人卻宣布舊疫苗將於年底停產，民眾因此大為不滿，這幾天已有數百人違法上街頭抗議。

「……這幾天關於藍鯨刻意不研發終身疫苗的陰謀論充斥網路論壇，」主持人說，「但我們不要忘了，是藍鯨先拯救了人類，我們才免於變成活屍，可以繼續在網上發表各種不用負責的言論……」

張默並沒有特別關心疫苗問題，身為聖殿員工，他可以免費施打疫苗，但這與其說是福利，更像是降低職業傷害的必要措施。

「……另一條謠言最近也在網路發酵，據傳黑市出現能將活屍變回人類的還原藥，一劑開價上千萬，但目前尚未聽說有任何成功案例，在此呼籲大眾不要散布不實資訊以免觸法。好，我們再來聽首老歌，小紅莓樂團的〈Zombie〉。」

張默還記得小紅莓樂團主唱桃樂絲當年突然離世時，臉書上一片RIP。現在回頭看，她的確稱得上rest in peace了。她的愛爾蘭同鄉U2主唱波諾在一場演唱會被咬成活屍，捕獲後立刻送到倫敦的活屍明星館，關在一坪大的強化玻璃中展示，日復一日瞪著外頭的遊客，飽受永無止境的飢餓折磨（如果他們真能感受到飢餓的話），至今仍然無法安息。

張默有去過西區的臺灣活屍明星館，裡頭真正的大明星不多，畢竟臺灣人對於保存這件事並不擅長，大部分明星活屍當年不是被亂槍射死就是燒滅了，還有一部分流入黑市，變成富人的非法收藏品。傳聞臺灣藍鯨副總裁的活屍收藏就比整座活屍明星館還要有看頭，遍尋不著的蔡依林和馬英九據說都在他家的地下室。

張默對於活屍明星館印象最深的不是藝人或運動員，而是紅衣教主慧禪。語音導覽說慧禪成為活屍後，咬了將近兩千名人類，製造了至少一千六百名活屍，其中七成都是自願者，至今每日仍會有信徒到慧禪面前打坐。相比於玻璃後齜牙咧嘴的活屍，那些信徒對張默來說更像是另一種生物。

車子開進市區，遠遠就可以看見聖殿的巨大圓頂，金屬表面反射炫眼光芒，華麗壯觀，有如一顆神鳥遺落的金蛋。這是禁牆內最大的建築，也是人類勝利的紀念碑，後活屍世代的精神象徵。每天都有上萬名觀眾買票入內，而在每月九號的死亡之日更是一票難求。

張默駛向聖殿的工作人員入口。今天的排隊人潮就算以死亡之日的標準來看依舊多得誇張，氣氛熱烈喧鬧，人人臉上都帶著亢奮狂喜的期待。在等待警衛檢查證件時，張默瞥見幾名排隊民眾和抗議群眾吵了起來，維安警察很快一擁而上，將他們帶離現場。

聖殿外無時無刻都有抗議群眾，大部分是「活屍不流血聯盟」的成員，還有一些活屍愛好者跟活屍人道主義者。他們拿著標語布條，喊著整齊劃一的口號，「人道毀滅取代血腥殘殺」、「他們是活屍，我們是惡魔」、「上帝說汝不可相害」。他們就像過去那些支持廢死的人，高道德標準，低公眾支持率，其中有些人甚至真的是當年的廢死律師，但他們現在卻支持活屍死刑，反對所有將活屍商品化的行為。

活屍並非一開始就是商品，最早他們只是會行走的恐怖夢魘，後來人類才陸續發現活屍的用處。活屍作為實驗對象，在病毒學、免疫學、癌症療法的研究上都有很大貢獻。活屍的生體自動性可以用來發電，十萬名活屍的產能就相當於一座小型火力發電廠，目前禁牆內的電力有百分之二十都來自屍力發電。但活屍商業效益最高的地方還是娛樂產業，活屍明星館、活屍實境秀（人類和活屍情人的同居節目，第三季男主角在直播時被咬成活屍，創下收視紀錄）、賽屍場（類似賽馬場，但奔跑的不是馬而是活屍）、活屍殘虐妓院（非法行業，卻極少被取締，傳聞藍鯨私下和店主收取高額黑稅），以及最受歡迎的聖殿。

活屍防疫法規定人類一旦轉為活屍後，就即刻成為官方資產，藍鯨有任意處置的權利。此法條多年來遭到不少學者專家抨擊，某人的悲劇不應成為他人獲利的原因。但藍鯨表示在活屍尚未有任何商業價值前，此規定即已存在，目的是禁止私人擁有活屍而造成防疫漏洞，因此沒有修改必要。

張默並不覺得將活屍當成商品有什麼問題，人在成為活屍的那一刻起，就不再擁有靈魂了，只是一具會動的人形腐肉。任何想和他爭辯這個議題的人最終都會害怕地閉上嘴，因為身材魁梧的張默會神色猙獰地瞪視對方，彷彿下一秒就要殺人，但他們並不知道，那是他壓抑悲傷的表情。

張默人生停止的那一天，他沒有像往常一樣被夜班回家的筱晴吻醒，而是自己醒過來。他睡眼惺忪地看向鬧鐘，早晨六點十八分，筱晴早該到家了。

他下床，正要打給筱晴，就聽見隔壁房間傳來窸窣聲響。他走出臥室，推開隔壁房間半掩的門，看見筱晴在吸吮六個月大兒子的腦。

警察抵達時發現張默失神癱坐在地，他用球棒砸爛了妻子的頭。

活屍不可能有靈魂，張默不需要任何科學證據就是知道，活屍沒有靈魂。

後來警方告訴張默，筱晴是在公車上被咬的，她順利逃下車，打了自我通報專線，但很快又掛斷了。警方推測她是想回家看兒子最後一眼，但她不知道病毒發作的時間那麼快，太快了。

警方問張默為什麼筱晴疫苗過期兩個月都沒去打，張默沒有回答，起身開窗就要跳下去，四個警察好不容易才把他拉下來。

後來張默不自殺了，他想殺活屍，所以來聖殿工作。他原本要應徵特勤隊，但已經招滿了，只好改面試警備隊。

很快他就發現，不論在哪一隊都一樣，都沒有活屍可殺。

張默在地下停車場停好車，走去警備隊更衣室。他的櫃子一塵不染，沒有雜物，沒有照片，裝備放得整整齊齊。

他開始更衣，沒多久小楊來了，他比張默小上一輪，青春期幾乎都在後活屍世代中度過。

對小楊來說，藍鯨、禁牆和活屍一直都在那裡，本該如此，他沒想過生活也可能有其他模樣。張默發現自己很羨慕小楊。

「我剛又看到你的禿頭佬了，該不會最後真的是你贏吧。」小楊笑著修改白板上的數字，「到時記得請客欸。」

張默轉頭看向白板，起初上頭有十八組名字和數字，現在只剩下三組。小楊把禿頭佬下方的824改成825。

聖殿有許多瘋狂粉絲，不論晴雨每一場都來報到，彷彿聖殿是他們的生存意義。隊上的弟兄因此開了一個賭盤，大家繳一筆錢當獎金，賭誰選的目標能有最長的連續入場紀錄。張默當初選擇那名中年禿頭男子時，所有人都無法理解。禿頭佬每次都靜靜坐在位子上，從不歡呼叫喊，看起來一點也不狂熱，但張默知道這種人心中才可能有最黑暗的偏執。

「你知道這次特勤隊大豐收嗎？」小楊語氣興奮。

張默搖搖頭。特勤隊負責維繫聖殿運作的重要任務：出牆抓活屍。這幾年禁牆周圍的活屍數量大減，他們只好到更遠的地方捕捉，最遠曾經跑到大崗山區，常常一出勤就是兩三天。風險雖然高，待遇也是所有分隊最高的。

「他們昨天慶功到半夜三點，你猜他們抓了幾隻？」

「不知道。」

「猜一下嘛。」

「五十？」

「一百四十八！」

「喔。」

「你也太冷淡了吧，已經一年多沒破百了欸。」

「很好啊，後勤部就不會一直抱怨了，庫存至少能撐個兩週。」

「這就難說了，今天可是死亡之日。」

「死亡之日平均消耗二十三隻，最高紀錄也才——」

「四十七，我知道啦，但今天不一樣。」小楊眼睛亮起來，有那麼一瞬間，他看起來就像今早在外頭排隊的激情群眾。

「今天的挑戰者是森烈。」

張默驚訝愣住，他終於明白今天場外沸騰的狂熱情緒是怎麼一回事。

森烈是職業綜合格鬥的勝利紀錄保持人，也是一名連續殺人魔，五年間共虐殺了十八名女子和七名男子，直到去年他的惡行才終於被發現。他的屍刑判決很快就確定了，他將被注射血清成為活屍，成為藍鯨的不死資產。

但在行刑前，森烈行使他身為屍刑犯的權利，申請挑戰死亡之日。按照規定，只要他能存活下來就可以無罪釋放。

儘管森烈回歸社會的風險難以預估，但和他參加死亡之日能帶給藍鯨的鉅額收益相比，那些風險便不值一提了。況且，自從新任總監三年前上任後，至今仍未有屍刑犯成功以人類身分離開聖殿。

張默領完槍，和小楊一起去簡報室。副座在台上說明今日的活屍戰略以及人員配置。總監抱胸坐在一旁，面色凝重不發一語。

總監是前活屍世代最知名的導演，生涯每部電影都有破億票房。活屍末日後他便不再拍攝電影，他表示虛假的娛樂已無法帶給他刺激。他接任聖殿總監後，觀眾人數上升了百分之三十，完售率創造紀錄，每具活屍的收益比更是歷代總監之冠。曾有記者問他訣竅是什麼，他說跟拍電影一樣，給觀眾他們想看的，但又不要給觀眾他們想看的。

戰略報告結束，螢幕上的地圖消失，副座簡單作出結語。

「雖然沒有收到情報，但ＦＺＯ仍有可能挑今天這種大日子行動，我們已將安檢升到最高規格，所有人保持警覺，有任何可疑狀況立刻回報。」

張默離開簡報室，和其他人一起走去會場。FZO，Free Zombies Organization，活屍解放陣線。他們就像激進版的活屍不流血聯盟，同樣反對活屍的不人道處境，卻是以破壞各類活屍場所作為抗議手段。自從某次FZO突襲聖殿失敗，聖殿的安檢設備全面升級後，他們就把目標轉到屍力電廠和其他保安較不嚴謹的小型設施，已許久沒打聖殿的主意了。

聖殿看台上空無一人，觀眾還沒入場。由於FZO的關係，隊長要求他們進行比平常更嚴格的場地檢查。張默來到他負責的W區看台，他所在的位置可以將大半場地盡收眼底，是第二貴的區域，僅次於獨立包廂區。至於視野最好的藍鯨環景包廂則從不收費，因為權力無價。

以總監的話來說，聖殿就是一座巨大的片場。這一季的主題是西部世界。張默還記得年初時美術組花了三天三夜運來黃沙鋪滿比足球場還大的會場，在上頭建出一座美國拓荒時期小鎮。民房、酒館、警局、教堂應有盡有，馬廄裡甚至真的養了十幾匹馬，一切寫實得嚇人。

當儀式開始後，西部小鎮就會出現四處遊走的活屍們，有能力購買高價聖使者門票的富人將穿上全套防具，拿著各種重傷害武器，痛快地展開殺戮。這就像前活屍世代的電動《惡靈古堡》，但這並非3D，也不是VR，而是活生生的實感體驗。電鋸揮下去會伴隨慘叫，活屍髒血將噴滿防護面罩，這是最刺激的娛樂，最極致的快感。同時也是人類集體壓抑與絕望的出口，一場萬人見證的除靈儀式。那幾乎讓人類滅族的活屍惡靈會在一場又一場的殺戮中逐漸消逝，將平靜重新還給人類。

這裡是聖殿，毫無疑問，洗滌人類挫敗過往和污穢精神的絕對聖殿。

場中有音樂響起，觀眾即將進場了。不是人人都能負擔上百萬的聖使者門票，但至少可以購買見證者票坐在看台，近距離目睹這場血腥大戲。張默站在Ｗ區看台入口，眼神銳利掃視入場的人們，他曾因為這樣發現可疑人物，阻止了ＦＺＯ的破壞計畫。那次他認出鄰居王媽媽的女兒，他知道她不可能踏進聖殿，因為她是活屍人道主義者。

那天被捕的ＦＺＯ成員都被判了屍刑。張默曾經請資訊部的人查過，王媽媽的女兒後來被送到西區屍力電廠，但他沒有告訴王媽媽。

最好的方法就是不要再提起，連想都不要想，這是張默這些年學到的唯一一件事。

會場的燈光漸漸變暗，儀式即將開始。張默像往常一樣，看見禿頭佬安靜坐在老位子上，和四周的興奮觀眾呈現極大對比。張默走向看台高處的監視點，耳機裡傳來弟兄們就定位的聲音。幾年前他們還需要守在看台最下方，背對會場面對觀眾，防止狂熱觀眾衝進場中。自從特製玻璃牆將看台和會場隔開後，他們的工作就輕鬆多了。

一束聚光燈射破黑暗，打在西部小鎮中央的廣場上，一個人影從地下緩緩升上來。全場觀眾都站起來了，雙手伸到空中狂吼。不論看幾次，張默都覺得這幕像極了演唱會的巨星開場。

森烈站在光柱中，低著頭動也不動。他身上沒有防具，沒有任何槍砲武器，只抓著一把斧頭。死亡之日和平時不同，沒有裝備齊全的聖使者一面倒殺爆活屍，只有尋求一絲活命機會的屍刑犯，刺激程度因此高了好幾倍。

今日的聖殿不只是聖殿，更像是遠古的羅馬競技場。人類嗜血的渴望過了兩千年依舊沒變，甚至更進化了。不論觀眾給屍刑犯多少歡呼，死亡之日的高潮永遠都是屍刑犯被活屍生吞活剝的瞬間。

特製玻璃牆上的投影實況轉播出現森烈的特寫，只見他揚起嘴角，唰一聲舉起手中的斧頭，全場瞬間爆出震動空氣的響亮歡呼。下一秒，彷彿呼應森烈的手勢，會場大放光明，剛才還空無一人的小鎮街道，不知何時已布滿了數十隻活屍。

張默被眼前的景象嚇了一跳，他看向計數螢幕，上頭顯示場中此刻有三十七隻活屍。死亡之日的開場從沒有放出超過二十隻活屍，畢竟儀式的娛樂性遠大於一切，若是屍刑犯瞬間就掛了，血腥渴望無法被滿足的狂暴群眾甚至比活屍還要恐怖。

但張默很快就發現他多慮了。森烈以超乎常人的高速衝向活屍群，他動作敏捷，手起斧落，很快就倒了一大片活屍，無數顆頭顱像足球一樣在地上滾來滾去。看台上的觀眾全興奮地瞪大眼，血脈賁張地揮舞雙手，彷彿他們手中也有一把斧頭。殺啊！斬啊！全都去死吧！生活中的不如意皆在此刻拋諸腦後，眼前的瘋狂殘殺反而讓所有人嘗到生命的甜美。

活屍數量急速下降，森烈開始放慢速度，不再一斧斷頭，而是耍花招虐殺活屍，不時還會把手放到耳邊，享受全場的歡呼。很快街道上就只剩下一隻活屍了，他搖頭晃腦朝森烈跑去，森烈像鬥牛士優雅轉身避過他，銀光一閃，活屍的雙腳就被卸了下來。只剩上半身的活屍摔在地上，繼續用雙手爬向森烈。森烈在活屍身邊繞圈，好整以暇地砍下他的雙臂，再抓著頭髮提起沒有四肢的活屍。活屍身軀像蟲子般扭動，猙獰開闔血盆大口，卻怎麼樣都咬不到森烈。

看台上的群眾開始跺地，齊聲呼喊。

「殺了他！」

唰——

活屍的身軀重重落在地上，頭顱被森烈舉到空中，三百六十度展示，整個會場歡聲雷動。

森烈瞥了計數螢幕一眼，室內還有六隻。他開始逐一搜索每棟建築物，儘管玻璃牆上會放出室內的監視器畫面，但森烈總是將活屍引出屋外，在眾人的目光和鼓譟聲中以最殘酷的手法虐殺他們。

只剩下兩隻了。

張默看向上方的指揮中心，站在落地窗邊的總監就像上帝，雙手背在身後，冷眼俯瞰這一切。過去的死亡之日都會放出好幾波活屍，循序漸進製造危機與高潮，操弄觀眾情緒。但今天總監卻遲遲沒有行動，再等下去計數螢幕就要歸零，森烈便可以自由離開了。

「注意！」張默的耳機忽然傳出隊長的嗓音，「第二批活屍要出來了！」

「幾隻啊？」有人在耳機裡問道。

耳機沉默了幾秒。

「一隻……」隊長的聲音似乎在顫抖，「一隻不留……全放出來……」

什麼？

張默不敢置信，散布小鎮地面的隱藏洞口全都打開了，活屍從洞中不斷湧出。剛才森烈搜索過的警局和酒館也不斷跑出活屍，螢幕上的活屍數量不斷改變，五十，一百，一百五，觀眾的驚呼越來越大，血壓和數字一起飆升，每個人都站起來了，兩百，兩百五，有人突然離開座位往下跑，很快所有人都跟著衝到看台下方，密密麻麻擠在玻璃牆前，拍打玻璃激動叫喊，準備迎接最後的高潮。

張默呆呆望著計數螢幕，眼前一陣暈眩。

四百二十一隻。

彷彿回到當年的活屍末日，舉目所見除了活屍還是活屍。森烈的表情第一次變了，他倉皇斬首朝他圍過來的第一批活屍，但隨即又有一大群活屍踏過那些無頭屍體跑向他，無窮無盡像黑色海浪，會吃人的海浪。

森烈試圖殺出一條血路，想衝進一旁的教堂躲避。他經過之處活屍一具具倒下，但始終會有更凶猛的活屍補上來。好不容易他終於殺到教堂門口，卻發現教堂大門怎麼樣都打不開。張默知道這是總監搞的鬼，他堅持高潮永遠不該發生在室內監視器裡，否則他回去拍電影就好。

森烈的特寫出現在每一片玻璃牆上，眼眸中的驚惶毫無保留。群眾爆出歡呼，他們已經看夠活屍的血了，現在他們渴望同類的血。他人身上的悲劇有最終極的淨化效果，所有人都捏緊拳頭瞪大雙眼，享受高潮來臨前的這一刻。

森烈沒有放棄，他背抵著門，在身前用快斧揮出一片死亡半圓，只要踏進便會血肉橫飛身首異處。在教堂尖頂十字架的下方，他像是被神遺棄的子民，孤身一人與惡魔奮戰。

張默不相信神，但他覺得這一刻如果真的有惡魔，也不會是活屍。

森烈的斧頭開始變鈍了，常常需要砍個兩次才能斷頭。他的體力也漸漸到了極限，斧頭越揮越慢，死亡半圓逐漸縮小，一切只是時間問題而已。

「吃了他！」

觀眾叫嚷、跺地、拍手，整座聖殿都在震動，會場成為祭台，祭品已經就位了。張默將注意力移回觀眾身上，場面有可能在高潮瞬間失控，耳機裡隊長指示大家做好準備。

看台上的某個景象突然吸引了張默的注意，他猛然一愣。

怎麼會……

下一秒，前方一聲轟然巨響，張默被衝擊波震倒在地上，眼前天旋地轉，過了幾秒才終於恢復正常。他掙扎著爬起來，驚訝地發現人們正尖叫哭喊，四散奔逃。下方的玻璃牆和看台護欄破了一個大洞，上百隻活屍正被爆炸吸引過來，不用多久就會湧入看台，將聖殿變成人間煉獄。

「怎麼會有炸彈，安檢那幫混蛋都在幹什麼！」耳機裡隊長高聲痛罵，「儀式中止！所有人立刻移動到爆炸點，防止活屍逃逸，動作快！」

張默拔出麻屍槍，一面尋找嫌犯，一面推開人群衝到下方。他是距離爆炸點最近的隊員，很快就來到爆炸炸出的洞口，十幾隻活屍正朝他跑來。

儘管張默身上有可以將活屍痛快爆頭的大口徑手槍，但只被允許用來對付武裝人類，他無論在什麼狀況下都不能用手槍射殺活屍，因為活屍是比警備隊隊員更重要也更昂貴的資產。

張默只能按照作戰準則，用麻屍槍瞄準活屍胸膛射擊。只見中槍的活屍跑步姿勢瞬間走樣，肢體開始抽搐，沒多久就摔跌在地。後方的活屍大步踩過同類，嚎叫著奔向張默，張默面不改色繼續射擊，但活屍的數量真的太多了，倒下一隻又會跑出三隻，以驚人的速度排山倒海湧上來。

突然一名體型巨大的活屍從視線死角衝出來撲倒張默，張默在最後一刻將槍管卡進活屍嘴中，活屍瞪大眼瘋狂嘶吼，腥臭惡氣撲上張默的臉，卻怎麼樣都咬不到他。

張默逃過一劫，但也失去了武器，他甚至推不開身上的巨無霸活屍。下一秒，大地震動，天空像是突然暗了，無數隻活屍遮天蔽日地撲上來，一片黑暗中張默護住沒有防具的臉和脖子，強韌的護甲暫時不會被咬穿，但急遽升高的屍群重量卻幾乎要壓碎他的骨頭，肺中的氧氣被擠出體外，細胞痛苦哀號，眼前只剩濃密的黑暗，絕對的死亡真空。

整個世界突然安靜下來。

筱晴……

就在意識消失的前一刻，張默聽見有人大喊一二三。

眼前突然大放光明，張默被弟兄們從活屍群中拖了出來。他眨了眨眼睛，在小楊的幫助下爬起來。剛才那群攻擊他的活屍都被麻醉了，弟兄們及時趕到，用壓倒性的火力擋下第一波衝出來的活屍，開始進入會場控制情勢。

張默發現他的耳機不知何時掉了，他問小楊現在是什麼狀況。

「有可疑人士衝進場中，但場內的監視系統被病毒破壞，現在全是黑畫面，隊長要我們進去把那些FZO王八蛋揪出來。」

「他們有多少人？」

「不知道，火力也不清楚，隊長懷疑他們想闖入地下層，破壞活屍倉庫。」

「森烈呢？」

「回收隊已經派一個小組進去了，希望還來得及。」

張默不用問就知道森烈的下場了，回收隊只負責回收一樣東西，活屍。他們要在森烈被吃到屍骨無存前將他弄出來，以他的知名度只要還能動，就還有商業價值，值得一組人冒險衝進去。

張默跟小楊確認完行動指示後，把槍從巨無霸活屍口中拿回來，前往他負責搜索的會場東3區。東3區都是雙層木造民房，巷道裡只有零星幾隻活屍，張默很快射倒他們，推開民房大門進屋搜索。如果FZO真的打算侵入地下倉庫，沒有活屍暗門和通道的這一區就相對安全。但張默的心跳始終怦怦大響，一切都怪怪的不對勁，他不斷想起稍早看見的那一幕。

爆炸前一刻他注意到看台上有張椅子被整個拆掉，露出基座內部的空間。血氣上湧的狂暴群眾破壞設施並不是新鮮事，但——

突然張默在客廳停住腳步，屏息不敢動彈，他剛聽見了某種聲音。

下一秒，那聲音又再次出現了。

張默的心跳停止，沒錯，儘管十分細微，但那的確是從樓上傳來的，男人的嗓音。

張默放輕腳步，開始往樓梯移動，就連在面對活屍大軍的時候他都沒有如此緊張。他額角冒汗，喉嚨焦渴，手中的槍不自覺用力握緊。很快他就來到樓梯最上面一階了，他朝二樓走廊探頭一窺，沒有猶豫瞬間跳出去。

「不許動！」張默用槍指著走廊前方的男人背影，「手舉起來！」

男人定住，沒有動作。

「手舉起來！轉身！否則我要開槍了！」

終於，男人慢慢抬起手，在昏暗的光線中轉過身。張默心中一驚，但一切又彷彿已在預料之中。

男人就是張默下注的禿頭佬，而稍早那張被拆卸的座椅正是他固定坐的老位子。

近看張默才發現禿頭佬皮膚鬆垮，襯衫皺得像是已經穿了一輩子，灰色大衣上全是毛球，只有那對小眼睛意外明亮，充滿懾人光芒。

「我現在要以爆炸嫌疑犯逮捕你。」張默朝禿頭佬走去，「依據活屍防疫法補充條例第五點，你沒有權利——」

「等、等等，我只是好奇跑進來，爆炸跟我一點關係也沒有。」禿頭佬慌忙說道。

「你把炸彈藏在椅子基座裡吧？」

稍早張默看見壞掉椅子的第一個念頭是，禿頭佬怎麼會不在座位上。無論場中的殺戮多麼精采聳動，禿頭佬從來都沒有離開過座位。接著爆炸發生，兩件事彷彿隱隱相關，但張默卻一直無法想通其中的連結，直到現在這一刻。

「那種威力的炸彈不可能通過安檢，所以你把炸彈拆成上百組零件，每一場都偷帶一點進來，藏在你固定坐的座位裡，鑑識組只要檢查椅座內部就可以找到殘留的微物證據，你賴不掉的。」

禿頭佬的表情讓張默知道他說中了。

「其他人呢？你們的目的是什麼？說！」

「什麼其他人？」

「少裝蒜，快說！」

「我真的不知道你在說什麼……」

張默愣了一下，禿頭佬臉上的困惑不像是演戲。

「你不是FZO的人？」

禿頭佬茫然搖頭。張默突然想到一個很重要的問題。

「你為什麼跑進這棟屋子裡？」

「我——」

忽然禿頭佬眼睛一亮，視線射向張默後方，張默轉身時已經來不及了，活屍的血盆大口咬了上來，他縮頭抬腳一踹，活屍向後飛出去，重重摔在地上。

張默感覺左半臉熱辣一片，彷彿有火在燒。他的左耳被咬掉了一大塊，缺口正濕答答滴著血。地上的活屍則津津有味嚼著那片肉塊。

張默一聲也沒吭，舉槍瞄準活屍。

「不要！」禿頭佬抱上張默手臂。

子彈射中天花板。

「你幹什麼！」張默一時竟甩不開禿頭佬。

「別開槍！她叫黃淑芬，她是我老婆，她是我老婆啊！」

張默一愣，下一秒，他一拳揍上禿頭佬面門。禿頭佬慘叫一聲放開張默，雙手摀住鼻子，鮮血從指間不斷流出來。

「她已經不是你老婆了。」

張默舉槍又要再射，禿頭佬卻搶先一步衝到活屍前方擋住槍口。

「求求你，我已經找了她好幾年了，我——」

活屍突然撲上來咬住禿頭佬肩頭，禿頭佬痛苦哀號，從懷中掏出一物，反手插在活屍身上。活屍鬆口摔在地上，整個人像觸電般不斷抽搐。

張默趕緊上前，槍才剛舉起來又被禿頭佬扯開。

「不要開槍！我剛已經給她注射還原藥了，她很快就會復原了，給她一些時間，求求你，再等一下就好！」

張默發現活屍肩上插著一管注射筒，四肢扭曲不停顫抖，似乎暫時沒有威脅，便把槍放了下來。

禿頭佬和張默道謝，轉身趴在活屍身旁，溫柔握上她顫抖的手。活屍正以詭異的頻率弓起身體抽搐，臉龐猙獰扭曲，野獸般嚎叫，看起來恐怖駭人。

「沒事了淑芬，我在這，我來帶妳回家了，我們很快就可以回家了，沒事了。」

禿頭佬哽咽說道，愛憐地撫摸妻子的頭。他好似沒看見那些潰爛發臭的皮膚，沒注意到枯裂亂髮中的腐肉穢物，他看她的眼神充滿柔情，彷彿眼前仍是他結褵多年的那個女人。

「你每一場儀式都來，是因為她？」張默問。

「他們說牆外抓到的活屍都會送來聖殿……」

禿頭佬的聲音平靜，張默卻一陣激動，他忽然明白這些年自己都目擊了什麼：一個男人靜靜坐在激動人群之間，懷抱渺茫的希望，在一場又一場的瘋狂殺戮中搜尋一個面孔，等待一個奇蹟。

張默想起弟兄們的賭盤。這世上最強烈的執念從來都不是嗜血的渴望，永遠都不會是。但只有執念還不夠，從剛剛到現在活屍一直在痙攣，狀況絲毫沒有變化，禿頭佬開始焦急了。

「怎麼回事，不該這麼久啊，應該一分鐘內就會回復了……淑芬！淑芬！」

禿頭佬不斷呼喊妻子的名字，一聲比一聲激動。張默的心慢慢沉了下去，這個吃人世界終究是沒有奇蹟的。

「還原藥……你是在黑市買的吧？你有親眼看到它把活屍變回人嗎？」

禿頭佬突然僵住，沉默背影動也不動。

「你被騙了……」

「不可能！」禿頭佬激動大吼，「他們給我看了影片，那些活屍真的復原了！」

「影片很容易造假……如果真的有人研發出還原藥，早就對全世界公開了……」

禿頭佬不再理會張默，他伏近活屍，雙手捧著妻子的臉，嗓音嘶啞絕望。

「淑芬，是我啊，我知道妳聽得到，妳快點回來好不好，我帶妳回家，淑芬，淑芬啊！」

禿頭佬喊得撕心裂肺，張默不忍再聽下去，他拿出麻屍槍。

「抱歉，我必須要麻醉她了。」

禿頭佬沒有反應，他眼中只有正在受苦的妻子。張默把手放在他肩膀上。

「讓我做我的工作吧。」

禿頭佬回頭望著張默，臉上全是淚痕。

「你要我讓你麻醉她，讓她下次可以再被另一個喪心病狂的傢伙虐殺，娛樂看台上那些瘋子嗎？」

張默一個字都說不出來。

忽然間，張默發現禿頭佬的臉頰正不自主抽動。

「你……有注射疫苗嗎？」

「有差別嗎……不論有沒有注射，這世界最終都是有錢的人活，沒錢的人死……」禿頭佬淡淡說，轉頭凝望妻子。「我只希望我全部的錢至少可以讓一個人活……」

禿頭佬牽上妻子的手，彎身在她耳邊低語。幾秒後他直起身體，再次看向張默，眼神堅毅平靜。

「殺了我們吧，讓我們有尊嚴的死去，人類不該成為——」

突然禿頭佬身體猛烈顫動，病毒侵入神經系統了，他神情扭曲，正忍受極大的痛楚。

「殺死……我們……求……你……」

禿頭佬的咬字越來越模糊，逐漸成為無意義的呻吟。他眼眸深處的亮光開始消逝，張默知道混濁白霧將會填滿他的瞳孔，無論多努力都無法從中找到一點點光芒，就像那天清晨的筱晴一樣。

張默抽出手槍對準禿頭佬眉心，靜靜看著他越來越白的雙眼，等待扣下扳機的那一刻。

「你在幹什麼！」

一陣腳步聲，小楊衝過來壓下他的手臂，其他隊員很快開槍將禿頭佬麻倒。

張默驚訝地發現所有弟兄都上來了，就連回收隊也出現了。

「你們……怎麼知道嫌犯在這裡？」

「資訊組破解病毒，修好了監視器，隊長剛剛叫我們所有人趕快過來。」小楊把張默的手槍塞回槍套，「你瘋了嗎，剛那槍開下去是要坐牢的，你另一隻都麻了，幹嘛不順便一起啊？」

張默愣了一下，轉頭發現黃淑芬已經不再抽搐了。她動也不動靜靜躺著，就像那些被麻倒的活屍一樣。

下一秒，有道電流竄上張默的背脊。

黃淑芬的睫毛動了一下。

張默左右四顧，小楊離開去檢查其他房間，沒有人發現這一幕。張默屏住呼吸，緊緊盯著黃淑芬。他沒看錯，睫毛又動了，黃淑芬的雙眼正細碎開闔，那模樣就像一個剛從深沉睡眠中甦醒的人。

張默瞪大眼無法置信，黃淑芬眼中的白霧消失了——

一聲槍響讓張默猛然一震。

黃淑芬的臉上多了一個黑色彈孔。

下一秒，槍聲大作，黃淑芬的臉被打成碎片。所有人都呆住了，槍聲停止，張默扭頭看向開槍的人。

是隊長。

「那隻活屍被注射了不明藥物，可能產生突變病毒，必須即刻消滅，回收隊記得以第三級毒物程序處理。」隊長氣喘吁吁收起手槍，他剛一路跑過來。「我先去跟總監報告現場狀況，所有人半小時後會議室集合。」

隊長離開後，張默仍舊愣在原地無法動彈。他望著黃淑芬血肉模糊的臉，身體無法控制地發抖，他終於明白了一個事實：還原藥不是不可能存在，而是不可以存在。

警備隊的人都走了，張默不讓小楊帶他去醫護室，堅持要留下來幫忙回收隊作業。地上擺著兩個屍袋，但回收隊的人卻一直無法分開禿頭佬和黃淑芬。在朦朧的逆光中，他們的手始終緊緊牽在一起，彷彿再也沒有人能將他們拆散。

最後回收隊只好將兩人疊在一起，以擁抱的姿態裝進同一個屍袋帶走。

張默是最後一個離開的人。他望著空無一人的走廊，地上還有方才留下的血跡。張默不確定那是禿頭佬的血，還是黃淑芬的血，他只知道那是人類的血，不是活屍。

張默明白最好的方法就是不要再提起，連想都不要想，像活屍一樣過日子。他已經這樣過了很多年，原本也打算一直這樣過下去。

他將手伸進口袋，裡頭有他剛從黃淑芬身上偷偷摸下來的注射筒，筒身上印有一個神祕的組織縮寫。

他緊緊握著注射筒，許多年來第一次，他感覺到胸腔中用力搏動的心跳，感覺到體內汩汩奔流的熱燙鮮血。

許多年來第一次，張默感覺自己活著。

神醫

今天是一個特別的日子，一個大部分人都不記得的紀念日，儘管這日子改變了成千上萬人的人生。

每年到了這一天，我都會想起我曾經是一名醫生。

我曾是一名心臟外科醫生，在台大醫院受訓，三十二歲當上主治醫師，前途像剛漿好的白袍，光潔耀眼。

今年我三十八歲了，每天都在工地跟著泥作師傅學習。出門不管穿什麼顏色，回到家都是灰色。妻還沒離開前，下班後我都要先把手刷洗乾淨才回家，那總讓我想起在手術房刷手上刀的日子。上禮拜我問師傅，他說我至少還要兩年才能出師，師傅只有二十七歲。

沒有醫生像我一樣轉行到工地，至少我從沒聽過。我的前同事們大部分都留在醫院或藥廠，有部分人回去大學實驗室，還有些人在中研院研究太空病理。但我卻刻意選擇距離醫生無比遙遠的職業。

我不想時時刻刻都被提醒我曾是一名醫生，我這麼對妻說，但真正的原因我從沒告訴任何人，我不願意想起老師。

老師名叫王震國，我都稱呼他老師。其他醫生叫他主任或王P，P代表教授professor。病人則尊稱他王主任，或是神醫。

大四課堂上講到罕病屈奧特式狹心症，無論哪一本教科書都建議藥物治療，因為手術成功率不到一成。老師是地球上唯一開過三台屈奧特式狹心症的醫生，成功率百分之百。台上的講師提到這點時，語氣滿是欽佩。

但這不是神醫這稱號的由來，而是因為一本八卦週刊。

週刊報導八十九歲的前總統祕密入住台大醫院換心，幫他動刀的就是老師。

報導是這麼寫的：「手術團隊領導人為台大心臟外科主任王震國，他是心臟移植的世界權威，主刀的換心手術從沒有失敗過，在醫界素有神醫稱號。」

我還在當醫生的時候，有一位病人是八卦週刊的副總編輯，長期熬夜應酬讓他的血管塞得像卡滿珍珠的吸管，必須做冠狀動脈繞道手術。他跟我說八卦週刊每四句就有一句是假的，但反過來說，每四句就有三句是實打實的真相。

以老師的例子來說，唯一假的那句，也是最不痛不癢的那句，把老師拱上了神壇，成為神醫。

我有幸可以成為神醫的關門弟子，但這跟在校成績或面試分數一點關係也沒有，而是因為一盤棋。

我進台大刀房的第一天就注意到了，刀房休息室的角落擺有一套圍棋棋具。在當時實體棋具已經相當少見了，就連最傳統的棋院也都改用電子棋盤，但更讓我驚訝的是，那並非廉價貼皮棋盤和塑膠棋子，而是五公分厚的檜木棋盤和蛤碁石棋子。我好奇拿起棋子細看，馬上被總醫師學長喝斥，他要我無論如何都不能動這套棋。我趕緊道歉，不敢多問。

以後每當我踏進休息室時，都會看向角落的棋具兩眼。大部分時間兩盅棋罐都沉默地擺在棋盤上，沒有動過的跡象。只有少數幾次，棋盤上會有進行到一半的棋局，下棋的人卻不知去向，像是一場被諸神遺忘的戰役。當我在兩台刀之間的空檔回到休息室時，棋盤上的棋局又會有或多或少的進展，彷彿有兩名調皮的隱形棋手，故意在我視線之外偷偷對弈，有時一場棋甚至會拉長到兩三天才結束。

某次午餐時刻，藥廠招待米其林二星生魚片便當，我卻一口都沒吃，我被棋盤上的戰局吸引了。黑子和白子殺得難分難解，局勢膠著，任何一步都可能影響勝負，像極了古老西部片中雙方拿槍互指的終極僵局。

我看得入迷，思索著黑白棋可能的走法，沒聽到總醫師學長在叫我，因此被學長拍上肩膀的手嚇了一跳。我慌忙轉身，整盤棋就這麼叮叮噹噹被我的手掃落地上。

平常在刀房總是自信冷靜的學長臉色瞬間慘白，嘴唇顫抖，像被掐住喉嚨般發不出聲音，反而是後方的R3學姊尖叫出聲。

我彎下身開始撿棋子，學姊沒有幫忙，只是站在一旁不停碎念。我沒有理會她，我必須集中思緒，將棋子放回我記憶中的位置。我專心到沒發現學姊不知何時閉上了嘴，整間休息室安靜無聲。

我放好最後一枚棋子後，一隻骨節嶙峋的大手忽然橫過棋面，從檀木棋罐掏出一黑子，像扣下扳機般，將黑棋清脆地敲上棋盤。

我抬起頭，是王主任，他體型黝黑乾瘦，身上的白袍永遠看起來像是大了一號，一頭卷曲灰髮下的雙眼疲憊凹陷，但眼瞳深處的光芒卻像漆黑山洞裡的兩團焰火，灼灼燃燒，似乎永不熄滅。

王主任沉默盯視我，比比棋罐，要我拿白子。

我落子後，他凝視棋面久久不語，最後他抬頭看我。

「有沒有興趣走心外？」

那天我才知道，休息室的棋一直以來都只有王主任在下，他自己和自己對弈。因為那一盤棋，我成為他的關門弟子，也是他在醫院唯一的棋友。

老師下棋就和開刀一樣，大膽精準，從不失誤。我自認圍棋下得不差，卻從沒有贏過一場。有次我在休息室和老師一起等刀，邊等邊聊棋。老師說他國小時棋力就已經上段，曾認真考慮要當職業棋士。

「後來為什麼改變心意了？」

「AlphaGo。」

我知道AlphaGo。那是在我出生前一年出現的ＡＩ圍棋軟體，由Google旗下公司DeepMind開發。AlphaGo是史上第一個打敗人類職業棋士的人工智慧。當年它對弈九段棋士李世乭，四勝一負勝出，轟動世界。經過一年多的強化後，它再以三比〇完勝當時世界第一棋士柯潔，從此沒有人再討論人類是否可以用圍棋擊敗ＡＩ。而過了二十多年後的現在，就連居家電子腦內建的陽春圍棋軟體都比當年的AlphaGo強了。

這一段人機大戰被記載在所有圍棋史上，但我不知道的是，老師竟然曾經和AlphaGo對弈過。

「AlphaGo在跟柯潔對弈前，曾以帳號master在知名網路圍棋平台下了60場棋，對手不乏世界知名棋士，最終 AlphaGo 60戰全勝，其中一場人類的敗局就是我貢獻的。」

那場網路上的比賽改變了老師的人生。

「我放棄去日本職業棋壇闖蕩的想法，留在臺灣繼續升學。」

「為什麼？職業棋壇依舊只有人類棋士可以參加不是嗎？」

麻醉科的學姊來通知老師可以進去了，老師撐著膝蓋緩緩起身，聲音低到幾乎聽不見。

「已經有了神，還需要人嗎？」

每當我在手術台上近距離目睹老師完成難度極高的手術時，我都會想起這句話，然後被一種無以名狀的抑鬱襲擊，感覺像迷失在無邊的曠野，不知該何去何從。

我打從心底明白，我永遠無法抵達老師的高度。看老師領導換心團隊工作就像聽布魯諾・華爾特指揮哥倫比亞交響樂團演奏馬勒，完全是藝術。就連科內公認第二把刀、極有天分的青壯主治醫師蕭亮安，也沒有人會拿他和老師比較，人類永遠無法和神相比。

但每個超級英雄都有弱點，神醫也不例外，老師的弱點就是師母。

老師和師母因為工作而認識，師母是老師的病人。

對師母來說，老師是她的救命恩人，但老師對師母言聽計從的程度，反而讓人以為師母才是救他一命的人。

老師常說他是被師母的心所吸引，他說師母有一顆他見過最美麗也最脆弱的心。或許是因為老師曾把那顆心實際握在手中的緣故，老師和師母的關係異常緊密。平時氣場強大的老師，一旦和師母出現在同一個空間，就像忽然變了一個人，眼神不可思議的柔和，無時無刻都緊牽師母的手，彷彿不這樣做，她就會突然消失，而他的生命也將永遠失去意義。

所以當我聽到老師決定接受黨團邀請參加公聽會時，才會如此震驚，因為師母一直以來都反對老師介入這件事。

臺灣從來沒有一場公聽會吸引了這麼多關注。其中一個關鍵原因當然是密米爾鋪天蓋地的宣傳。密米爾是北歐神話裡的智慧巨人，也是一家跨國醫藥科技集團，旗下有多家醫院、醫材廠和藥廠。過去二十年來，他們都在嘗試結合人工智慧與醫療，而他們的最終成果是號稱可以完全取代人類醫生的ＡＩ醫生艾斯可（Ascle），這名稱來自古希臘醫神艾斯克勒庇俄斯（Asclepius）。

儘管密米爾砸下龐大預算，但最終促成這場公聽會的其實是一起悲劇。

當紅的自然樂歌手暗波因為腦膜炎掛急診，卻被誤診為流行性感冒，錯過治療時機，最終不幸過世。起初只有幾萬名暗波歌迷上街悼念，但很快就發展成數十萬人的大遊行，要求政府正視人類醫生的誤診問題。密米爾在這時擴大宣傳，在野黨也大力推動ＡＩ醫生全面取代人類醫生的草案，很快就通過一讀，並敲定了這場全國矚目的公聽會。

公聽會是下午兩點開始，那天早上老師還帶我開了一台刀。午餐吃完後，我和老師、蕭亮安學長以及科祕書一起搭車去立法院。一路上我們看到許多團體舉著立場相異的標語往立法院前進。除了大選之外，臺灣從沒有像這一刻這麼分裂過。

密米爾曾公開艾斯可完整的實驗數據。在最近的三萬起病例中，艾斯可的誤診率只有0.138%，遠低於人類醫生的5.2%。而在經過自我學習後，這數字只會越來越低，可能在不久的將來就可以達成零誤診。

但對許多人來說這顯然不夠。無數民調都指出，有將近一半人口無法接受由冷冰冰的機器處理他們的健康問題。這無關統計或科學，而是根植於人類基因深處的情感需求。艾斯可反對派舉出過往機器看護和機器保母的例子，無論多麼完善的照顧，機器永遠無法提供帶有溫度的人性關懷，不只是肌膚的溫度，還有心靈的溫度。許多實驗都已證明，這種心理支持和藥物治療同等重要。

艾斯可擁護派對這個說法嗤之以鼻，宣稱這只是反對派的障眼法，用來掩飾他們對人類社會ＡＩ化的不理性恐懼。他們的說法不無道理，當年政府強制推行人類駕駛禁止上路的相關法規，也出現激烈的反對聲浪。許多人抗議政府奪走人類操控機器的權利，拒絕將方向盤和性命交給看不見的自動駕駛。但隨著車禍數量急遽下降，反對的音量也越來越小，最終所有人都接受了全面自動駕駛的社會。

現在路上幾乎看不到設有駕駛座的車輛了，車內空間變得寬敞許多，乘客都相對而坐。我對面是蕭亮安學長，前途輝煌的太陽之子，台大心外的阿波羅。他隔著車窗望向立法院外聚集的人群，明亮的雙眼隱隱透著一絲興奮。我想起兩天前他在科內休息室對學弟妹說的話。

「這是一場人類對ＡＩ的聖戰，我們必須替人類守住，非贏不可。」

這真的是一場非贏即輸的零和戰爭嗎？我們又要守住什麼呢？是人類的尊嚴，還是醫生這門古老的職業？

我內心充滿疑惑，而且非常不安。我還在醫學院念書的時候，從沒想過有一天也可能會失業，但現在醫院內隨時都可以聽見關於失業和轉行的耳語。

我看向老師，自從上車後他就不發一語，對窗外的景象不感興趣，獨自沉浸在思緒裡，我只有在下棋時見過老師這副模樣。

老師被艾斯可反對派推舉為這場運動的精神領袖。老師毫無疑問是最適合的人選，執業生涯的手術成功率比艾斯可還高，身為「人類可以勝過ＡＩ」的活生生證明，這幾個月老師的聲望達到前所未有的頂點，許多反對派成員甚至穿著印有老師頭像的Ｔ恤上街遊行。對他們來說，老師就是萬中選一的救世主，人類最後一座堡壘的守門人。儘管輿論每日都燒得風風火火，但老師仍舊照常開刀下棋，從沒有對這件事發表任何看法。

我們的車一抵達門口就被無數記者團團包圍，閃光燈此起彼落，好不容易才在警衛護送下進到立法院紅樓會議室。一路上老師都低頭板著臉，面對記者的高聲提問沒有任何反應。

公聽會開始了。我拿出手機，發現線上觀看直播的人數已經超過兩百萬，還在不斷增加中。老師被排在第四位發言，前面有一名智庫代表、一名在野黨立委和一名機器人學教授。

反對全面使用ＡＩ醫生的智庫代表最後用二十世紀輸給ＩＢＭ電腦深藍的西洋棋冠軍卡斯帕洛夫的名言作結：「一個好人加上一台機器才是最佳組合。」

在野黨立委一上台就做出回應，自信微笑的嘴角帶有一絲譏諷：「身為一名棋藝差勁的西洋棋玩家，我十分尊敬卡斯帕洛夫，但上個世紀並沒有ＡＩ管家，沒有ＡＩ數位海，當然也沒有誤診率遠低於人類的ＡＩ醫生艾斯可。」

接下來十分鐘立委金句齊發，論述激昂鏗鏘。他說完回到座位時，我才發現坐他身旁的女子是密米爾創辦人的孫女余秀秀。密米爾的股價和半年前相比已經漲了六成，若ＡＩ醫生最終能全面取代人類醫生，密米爾的市值將超乎想像。當年深藍打敗卡斯帕洛夫的隔天，ＩＢＭ的股價就上漲了3.6個百分點，相當於兩億美金的漲幅。科技進展、商業利益、政治盤算、人類的未來，一切都息息相關，無法輕易分割。

機器人學教授的報告十分沉悶，我的注意力被手機直播間裡的火熱討論吸引，雙方的支持者激烈交鋒，我的眼睛甚至追不上留言的速度。就在這時，身旁的老師突然打破沉默，雙眼看著前方，低聲說話。

「十九世紀工業革命出現的新機器使許多人失去工作，絕望的失業者在半夜潛進工廠，破壞奪走他們職業的機具，你知道他們被逮到要面對什麼樣的刑罰嗎？」

老師沒有表情的臉孔像午夜時分的大海，晦暗深沉。我愣愣搖頭。

「死刑。」

機器人學教授的發言結束了，響起疏落掌聲。老師起身走向講台，整間會議室瞬間安靜無聲，所有人都屏息注視這名即將代表人類上場的選手。網路直播間的留言爆炸般刷起來，全都是神醫兩字。

主席照例先介紹發言者，老師垂手站在講台上等待，就在這時，發生了所有人意想不到的事。

科祕書突然激動地衝上講台，將一支手機遞給老師。老師接過手機聆聽，沒有表情沒有動作，整個世界彷彿因為這通電話靜止了三秒鐘。接著老師快步走下講台，在一片驚呼聲中頭也不回地奔出會議室。

我和蕭亮安學長追出去，一名工作人員領著老師和我們來到後門，那裡已經有一台警車在等了。車子以不尋常的高速開出去，警笛聲急切地響了起來，充滿壓迫感的不祥轟鳴迴盪在車裡，反覆擊搗我的耳膜和內臟。發生什麼事了？老師對手機下達指示的聲音不大但清晰，我明白我們正在趕往醫院，有一台心臟急刀，病人已經在手術台上準備麻醉了。但這仍舊無法解答我的疑惑，院內仍有其他主治醫生，是什麼手術如此重要，竟讓老師不惜離開這場世紀公聽會？

下車後我才知道答案，科祕書用老師聽不到的音量偷偷對我和蕭亮安學長說，半小時前送進急診的心臟病患者，是師母。

在刀房外刷手的時候，我的身體一直沒有停止顫抖，腦中一片空白。但一旁的老師除了動作比平時迅速一些，整個人看不出一點異樣。這不是老師第一次幫師母開刀，或許老師早就知道這一天終將到來。電性心肌痙攣，又名寇特－赫斯頓症候群，每兩千萬人才會出現一例的罕見疾病。患者的心肌神經突觸會突然出現異常放電，導致局部肌束痙攣，無法將血液順暢送出心臟，患者將逐漸缺氧，器官衰竭休克，最後死亡。治療方法是將放電異常的肌束予以切除，手術難度極高，就算最終手術成功，也無法保證未來不會再度發作。這是一個無解的疾病，一顆心臟大小的不定時炸彈。

我想起老師的話，師母有一顆最美麗也最脆弱的心。那顆心現在正在不規則亂跳，等待有人將它矯正回來。而這個人，是不可能失誤的神醫。沒什麼好擔心的，我深呼吸，跟在老師身後踏進手術室，卻看到意料之外的畫面。

ＡＩ醫生艾斯可的龐大機體像一頭金屬巨獸攀罩住手術台，四支閃亮的機械動力手臂朝空中張牙舞爪伸展，師母的瘦小身軀落在艾斯可無影燈的熾白光芒中央，有如被探照燈鎖定的無助獵物。

我不敢置信。艾斯可早在去年二月就被引進台大刀房，大部分醫生都拿來當作輔助工具，它的即時核磁共振顯影和超音波定位的確非常有幫助。我也曾聽過別科有幾起艾斯可執刀，主治醫生在一旁監督的手術。但出於沒有明說的科內默契，艾斯可從來沒有出現在心外刀房，當然更不可能出現在老師的手術室裡。

和我的驚詫相反，老師連眉毛也沒抬一下，似乎早就知道艾斯可的存在。甫完成掃描的心臟立體顯影出現在電子螢幕前方，三百六十度旋轉，不規則地掙扎搏動，一下比一下微弱。

總醫師學長見到老師進來，趕緊將艾斯可推離手術台，它的二十八對機械足在地上無聲蠕動，像極了真實的多足節肢動物。老師走向艾斯可的電子螢幕，沉默檢視師母的心臟顯影和心電圖資料，進行開胸前的最後確認。

總醫師學長突然怯怯開口，「主任……艾斯可的診斷……」

老師沒有答腔，很快在電子螢幕叫出艾斯可的診斷報告。時間一分一秒流逝，老師面無表情看著報告，再也沒有任何動作，整個人彷彿石化了。

「主任，血壓掉到80了！」剛走上手術台的蕭亮安學長激動說道，「再不──」蕭亮安學長的聲音像被扯斷般猛然消失在空氣中，他瞪大雙眼望著艾斯可的電子螢幕，心外阿波羅俊美的臉孔扭曲變形，我們的奧林帕斯之父則繼續站立在金屬機器神前方，沉默盯視那片黑底白字的無聲螢幕。

「剛跑了三次診斷……結果都一樣……」總醫師學長似乎快哭了。

老師的背影遮住大部分螢幕上的內容，我移動腳步，終於看見了那行文字，頓時眼前一黑，這怎麼可能？

第二型伍氏心律不整，這就是艾斯可的診斷。只要以兩百焦耳的能量進行電擊，連開刀都不需要，是住院醫師第一年就可以處理的簡單疾病。相反的，如果不在黃金治療時間內進行電擊，就算是老師也無法救回患者。

時間滴答倒數，卻沒有人動手準備電擊器，因為電擊正是寇特－赫斯頓症候群的唯一禁忌。就像把一顆手榴彈扔進一片地雷田，電擊會讓原本小範圍的局部痙攣瞬間擴散，成為遍布整顆心臟的災難性痙攣，這時已經不可能開刀切除異常肌束了，只能眼睜睜看著患者休克死亡。

我的腦袋轟轟作響，兩個截然對反的診斷竟然同時出現在一名患者身上，只要選擇錯誤就會導致患者死亡，沒有半點逆轉的可能。非生即死，非贏即輸，我忽然意識到一個驚人的事實，公聽會上的辯論還沒有結束，人類和ＡＩ的戰場已悄悄轉移到這一間手術室。兩個陣營的代表選手此刻相對而立，勝負前一刻的終極對峙，四周沒有記者的鎂光燈，沒有鄉民的鼓譟留言，只有低血壓的閃爍紅燈不斷提醒現場的每一個人，有一條寶貴的生命正在最後倒數。

正解只有一個，是誤診率0.138%的艾斯可還是神醫？是ＡＩ，還是人類？

「上table啊，還愣在那裡幹什麼！」蕭亮安學長朝我大喊。他眼神藏不住慌亂，儘管如此，裡頭並沒有半點懷疑。一直以來他都是老師最得意的門生，今天也不會例外，他肯定站在老師和人類這一邊。

蕭亮安學長一聲令下，所有人很快動起來，沒多久便消毒完畢放上洞巾。熟悉的流程驅走了不安的陰影，蕭亮安學長眼中的慌亂已幾乎瞧不見了。

「主任，可以了。」蕭亮安學長蓄勢待發的嗓音隱隱顫抖。

所有人都望向老師，此刻他像是站在巨人哥利亞面前的大衛，以血肉之軀迎戰人類文明至今最完美的ＡＩ。而大衛終將獲勝，我們如此確信，不是因為我們相信人類，而是因為我們相信老師。

只是老師好似沒聽見蕭亮安學長的聲音，依舊沉默看著螢幕，彷彿那是一盤太深的棋，而他還沒找到抵達勝利的那一步。但我知道老師最終會找到的，我已在棋盤對面見過太多次，每當我覺得勝券在握，已將老師逼入無路可退的絕境時，老師瞳孔深處的火光就會亮起來，下出逆轉棋局的一手。

就像現在這一刻。

老師突然轉身走上手術台，兩枚眼瞳火石般熾紅，定定看著師母。下一秒，老師的聲音如金屬鏗鏘，空氣隱隱震盪。

「準備電擊。」

每個人都愣住了，沒有人動作，大家的視線從老師移到蕭亮安學長，他臉上沒有半點血色。

「主任……」蕭亮安學長的嗓音充滿太多情緒，震驚、困惑、憤怒、抗議、不解，還有懇求，全部塞在短短兩個字裡，幾乎要爆炸。

「準備電擊。」老師複述指令，語氣堅硬單調，就像艾斯可的機器合成音。

神諭已下，總醫師學長很快把電擊器推到手術台旁設定能量。我拿開洞巾，貼上電極貼片。老師拿起兩塊電擊板，護理師迅速塗上導電膏，所有人往後退開，屏息等待。

老師將電擊板溫柔放上師母的胸口，動作輕到無法再輕。他低頭靜靜凝視師母，我忽然有種錯覺，彷彿這只是一個平凡的早晨，老師正要喚醒熟睡的愛人，就像過去千萬個早晨一樣。

放電鍵壓下了，師母的身體輕輕晃了一下，像是夢到一場青春歡快的舞會。我扭頭看向艾斯可的即時心臟顯影，那顆懸浮亂跳的透明心臟現在一動也不動了。我在心底默數，一秒鐘，兩秒鐘，三秒鐘，師母的心臟在第四秒重新搏動起來，規律有力像機械做的一般。

空氣裡併出歡呼，蕭亮安學長垂手站在最外圍，眼神黯淡無光。勝負揭曉了，人類最終還是輸給了ＡＩ。

但師母贏了，這才是最重要的事。

下個剎那，我的笑容凝住，懷疑自己是否眼花了，師母的心搏剛才似乎慢了半秒？

我目不轉睛盯著師母的顯影心臟，胸口的不安很快擴散為侵襲全身的惡寒，師母的心臟表面正不斷出現微小抽搐，彷彿下面有蟲子蠕動。抽搐處越來越多，很快整顆心臟就覆滿了此起彼落的點狀顫動，有如一顆即將爆炸滅亡的行星。

手術室寂靜無聲，所有人都嚇呆了。師母的血壓直線下降，生命徵象全都來到危險值。艾斯可的警示紅燈不斷閃滅，總醫師學長向前一步又打住，不論他想做什麼，都已經沒有任何意義了。

「出去……」

我仍處在驚愕中，沒有意識到聲音的來源。

「所有人出去！」老師大吼，整個人都在震動。

大家低頭默默離開刀房。蕭亮安學長經過我身旁時，我瞥見他的側臉，我永遠不會忘記那一刻他的表情。

手術室門關上前，我最後看了一眼老師的身影。他靠在手術台旁，牢牢抓著師母的手。

後來我聽值班的麻醫說，老師一直到午夜都沒有出來，最後是院長親自進去勸他，他才讓人把師母的遺體帶走。

師母的死亡僅僅讓艾斯可的誤診率提高了百分之零點零零三，但卻失去了整個人類社會的信心。二讀時立法院撤回了提案，我保住了工作，但其他的一切，都和過去再也不同了。

那場手術之後，老師沒有再回到醫院。兩個禮拜後，科辦公室貼出一張恭賀老師榮退的告示。院方舉辦了一場歡送會，院長副院長都來了，但老師沒有出現。院長站在廉價紅布條下方致詞。蕭亮安上台代替老師領取感謝匾額。幾名接受過老師換心手術的病人合唱了一首歌。藥商贊助的難吃點心餐盒上貼有恭喜王主任退休的貼紙。一切的一切都讓人無比難受，但我還是勉強自己待到最後。

我再次見到老師，已經是半年過後，我接到老師的電話，他請我把刀房的棋具載去他家。老師家位在新店山中，我之前從沒去過，花了點時間才找到正確位置。那是一棟兩層樓木造建築，老師站在門口等我，穿著寬大麻質罩衫，臉龐的線條不再尖銳強硬，成了一張圓滾滾的、和藹無害的、老人的臉。

老師眼中懾人的焰火熄滅了，他的眼瞳成了兩顆黯淡烏黑的石頭。曾經驅動老師每日吃飯開刀、行走生活的東西已徹底消失了，彷彿從沒存在過。

老師親切招呼我進去，泡陳年普洱，介紹他配種的蘭花，帶我參觀他和師母住了三十年的房子。

我在一張矮几上發現老師小時候的照片。照片中的老師四五歲模樣，坐在醫院診療床上，胸前抱著一個玩具機器人，雙手血跡斑斑，臉上卻掛著大大的笑容。老師說那天他從流浪狗口中搶回玩具，在急診室縫了十幾針。

屋子裡到處都沒有師母的照片，鞋櫃裡沒有女鞋，骨頭般蒼白的梳妝台上空無一物，我完全找不到師母生活過的痕跡。

我們回到客廳，老師要我陪他下棋。

我下得心不在焉，老師的棋依舊厲害無比，但一切都不對勁了。就像神明離開的廟宇，最重要的東西已經不在了，只剩下一個空殼。

下完棋我準備要告辭時，老師才像是不經意的，第一次問起醫院的事。

我不清楚老師究竟知道多少。現在的科主任是蕭亮安，他是台大心外有史以來最年輕的科主任，但這甚至不是此刻蕭亮安身上最閃亮的標籤。在老師一夕間離開醫界後，艾斯可反對派的精神領袖一職就空了出來，蕭亮安趁勢而起，他上談話節目，他接受訪問，他出現在遊行現場慷慨激昂演說。他的俊帥面孔和清晰談吐配上反艾斯可的全民熱潮，使他在極短時間內便成為家喻戶曉的意見領袖。

但我無法原諒他。不是因為他一次又一次在訪問中重述那天刀房的情況，把老師說成向艾斯可投誠的叛徒，把自己描述成隻身對抗ＡＩ的人類鬥士，不是這些可笑的胡言亂語，而是他在師母確定無力回天後的那個表情。

我永遠無法原諒那一刻的蕭亮安。

我沒跟老師說我對蕭亮安的看法，但老師似乎察覺到什麼，他問我最近在科內是不是遇到問題。

由於我完全沒有掩飾我對科主任蕭亮安的厭惡，科內繁雜的行政事務就落到我頭上。我開刀的時間被大大壓縮，無論是手術經驗和技術都停滯不前，跟其他醫生的實力也越差越遠。

「沒事。」我說了謊。

老師靜靜看著我微笑，半晌後他開口問道：「最近開了哪些刀？」

我說完後，老師起身走進書房，沒多久他推出一台Q17型手術紀錄器，這型號在我學生時代就已經沒人在用了。眼前這台機器原初的純白外觀被時光染成了米白色，按鍵指示都已磨損到看不出功能，但桌面般的平面顯像光幕卻一塵不染，好似一塊映著神祕光澤的黑曜石。

老師打開電源，紀錄器商標的立體顯影緩緩浮出顯像光幕，像古典諜報電影裡的泳裝女郎慢動作浮出海面。老師點開資料庫，我驚訝地發現裡頭存了數萬筆手術紀錄，光是換心手術就有上千筆。

老師點開一台他過去執刀的瓣膜置換術，那正是我昨天開的刀。

手術的完整顯影很快浮現在平面光幕上方，虛空中有雙手正熟練地開胸，雖然看不見老師的臉，但可以聽見老師下指令的嗓音。

老師要我站到主刀醫師的位置，「看到了嗎？這裡要特別小心，千萬不要弄斷神經。」

老師就像電影的隨片講評，仔細分析每個步驟的細節和關鍵，我學的甚至比在醫院時還多。老師講得口沫橫飛，從手術技巧到醫療環境到人事八卦，整整三個小時沒有停下來。離開時我才想起來，一個人住的老師已沒有能好好說話的對象了。

那天之後，我每隔兩週就會來拜訪老師，陪老師下棋。下完棋後，老師總會點開一台手術紀錄，鉅細靡遺地教我開刀，傳授我他行醫四十年的獨門心法。

在下棋和教學之外的時光，老師偶爾會問我醫院的事，慢慢我才發現，老師其實是想問艾斯可。

我不知道老師有沒有留意新聞。艾斯可在師母過世後幾乎退出了所有醫院，消聲匿跡了大半年，但這兩個月又慢慢回來了，出現在某些外科的刀房裡。他們說那是改良過的艾斯可，更強大的2.0版本。

就連最厭惡ＡＩ的醫生也無法否認艾斯可對診斷和手術的確大有幫助。接下來幾個月，艾斯可漸漸成為各大醫院的常駐設備，雖然因為法規而無法獨立診斷及治療，但已成為許多醫師不可或缺的得力助手。

因為老師的指導，我順利通過外專考試，兩年後又以當屆第一高分拿到心外專科證照。但這並沒有改變我和蕭亮安的關係，我們的戰爭已搬上檯面，有我的地方他就不會出現，反之亦然。因為蕭亮安的阻撓，我遲遲無法升上主治醫師，就連隔年拿專的學弟都升了，我還在當總醫師值班顧病房。

就在我開始考慮去別家醫院升主治時，老師要我再等一會，說年底我就可以升了。

我不明白老師為何這麼篤定，老師對蕭亮安主事的台大心外已沒有任何影響力，但那天的棋我輸得一塌糊塗，我決定再留台大一年。

九月的第二個禮拜四，蕭亮安的新聞像一縷光絲升入夜空，瞬間就炸出滿天煙花，成為當晚所有新聞和談話節目的重點議題：蕭亮安決定接受執政黨徵召，參加明年初的立委選舉。隔天蕭亮安在記者們的簇擁下離開醫院，主任換成一直很照顧我的羅教授，十月不到我就成了主治醫師。

我問老師從哪裡得到消息，老師支著頭，說我打斷他想棋了。

蕭亮安的競選政見毫不意外主打醫療議題，但重點還是捲土重來的艾斯可。師母的手術已過了五年，中間斷斷續續有不少重大誤診新聞，再加上密米爾不斷宣傳艾斯可在國外的亮眼數據，民眾對艾斯可的期待又重新被激起。在野黨派出艾斯可擁護派大將和蕭亮安競選，媒體預測高人氣的蕭亮安可以取得五成選票輕鬆當選，結果蕭亮安只險勝兩千多票。

風向慢慢開始轉變了，蕭亮安的勝利諷刺地吹響對方反攻的號角。醫院外開始出現支持艾斯可的公民連署站，每個週末都有艾斯可相關的大小遊行，名嘴們在節目上激烈辯論，在野黨挾著高民意提出新版艾斯可草案，一切的一切都讓我有恍惚的既視感，彷彿又回到五年前的夏天。

醫院內又開始出現關於失業的各種傳聞，或許是已經歷過這一段了，我每日照常上刀下刀，連新聞也沒多看。只是有時我會很好奇老師對這場再度回歸的戰役有何看法，但老師從來沒提，我也從來不問。

這天我來到老師家，客廳沒有像過去一樣擺著棋具，我才發現牆上的電子螢幕打開了，正以靜音模式播放艾斯可公聽會的實況轉播。今天是三場公聽會的第二場，也是最受矚目的一場，因為蕭亮安會上台發言。

老師把手術紀錄器推出來，要我過去坐下。我的視線一直黏在電子螢幕上，鏡頭帶到台下的蕭亮安，他看起來自信得意。我問老師不開聲音嗎，老師搖搖手。

「今天是最後一堂課，我已經沒有東西可以教你了。」

我愣了一下，終於注意到今天的老師和平常不太一樣。同樣是寬大罩衫和凌亂灰髮，雙眼依舊疲憊布滿血絲，彷彿已三天三夜沒有闔眼。但老師這些年黑洞般無神的眼瞳深處，竟依稀有火光劈啪閃耀，像是在無邊無際的黑暗原野中央，逐漸亮起的一點火苗。

微小，但卻執著且炙烈地，燃燒。

我心跳加速，喉嚨焦渴，背脊下意識挺直。眼前的人不再是喪妻的老教授，而是能以凡人之力擊敗死神的一代神醫。

老師要我先判讀心電圖。我整個人幾乎貼到顯像光幕上，戰戰兢兢，深怕漏掉任何細節。

但我卻無法理解。

這是一張再簡單不過的心電圖，沒有任何難度，就連外專考試的送分題都不會出。

突然我像被閃電擊中，全身顫慄不止。我抬起頭看向老師，老師的瞳孔正灼灼燃燒，有如兩枚著火的星辰。

「難道……這不是第二型伍氏心律不整？」我嗓音顫抖。

老師枯柴般的大手緩緩指向心電圖，在一個P波起始處，有個幾乎無法察覺的微小凹陷，那是寇特－赫斯頓症候群的非典型診斷標記。

「每七次心跳才會出現一次，像一個普通的雜訊，就連艾斯可也看不出來，但人類可以。」老師的聲音聽起來好遙遠，「人類可以。」

我想起師母的手術，腦袋嗡嗡作響，感覺自己正摔落黑暗虛空，無止境地墜落。

「老師你……早就知道了？」

老師閉上眼睛，再次睜開時，眼底的火光已徹底熄滅了。他整個人漸漸黯淡下去，最終沒入午後的陰影裡，成為黑暗的一部分。

那天是我最後一次見到老師。

公聽會結束後不久，艾斯可法案便三讀通過。人類醫生經過一年的緩衝期後正式除役，ＡＩ全面接管人類的醫療生活。

但老師沒有見到那一天。三讀通過的隔天，來到老師家取件的外送員發現門上有一張紙條，寫著「內有屍體請報警」。老師把後事都安排好了，外送員在警察蒐證完後依約取了件，隔天送到我家，老師把棋具和手術紀錄器留給我。

老師的喪禮幾乎沒有得到任何關注，記者們只在蕭亮安致意時出現拍照，拍完就匆匆離去。蕭亮安說他會用一生來監督艾斯可，隔年他就諷刺地兌現了承諾，成為密米爾高薪聘請的醫療顧問。

今年初我去台大做健康檢查時，發現艾斯可已經更新到第四代。他們說這是最完美的艾斯可，誤診率不到萬分之一。我不知道這是不是真的，我也不在乎。艾斯可總有一天會超越老師，成為新的神醫，我知道，老師也知道。

我把老師的棋具和手術紀錄器收進儲藏室，再也沒有拿出來。這幾年每當我想起老師時，都會發現他的臉孔在我腦中逐漸模糊下去，但不知為何，老師童年那張照片卻越來越清晰。小小年紀的老師從惡犬口中搶回心愛的玩具機器人，手臂被咬傷流血，臉上卻掛著大大的笑容。

雖然無法認同，但我發現自己開始慢慢理解老師當年的選擇了。在棋賽無可避免地進入終局時，老師或許已經不在乎輸贏了，他只想繼續下棋，只想牢牢抓住掌心殘存的消逝之光。老師算盡了每一步，下出震驚世界的一手，卻沒有算到自己對師母的愛。那愛讓代價變得太過巨大，老師難以承受，最終失去了所有。

今天是艾斯可法案通過六週年，一個大部分人都不記得的紀念日，儘管這日子改變了成千上萬人的人生。每年到了這一天，我都會想起老師，想起照片裡的小男孩，那專屬於人類的笑容。

聖誕節的回憶

想像一下，現在是十一月下旬的早晨。

是一個冬天將來臨的早晨，大約二十多年前。

在黑眼星系的一個衛星基地裡，有一棟粗製濫造的合成屋。合成屋裡最醒目的焦點，是一棵黑色大聖誕樹。樹上裝飾著閃亮的鉻金屬片，那是來自星聯戰機的飛彈殘骸，轟炸後的隔日城裡隨處可見，十噸都賣不了一分錢。整棵樹唯一有價值的只有樹頂那顆星星，那是貨真價實的伯利恆之星。由兩種稀有金屬煉成，隨著聖誕節的來臨會逐漸亮起，亮度在聖誕節當日達到高點，光輝四射。

而今天，那顆已黯淡十一個月的星星發出了微弱光芒，開啟了這一年的聖誕季。

「我們今年要做什麼啊？」我已經十二歲了，但語氣還是像七歲一樣興奮，聖誕節永遠可以讓我變回小男孩。

我問話的對象是我阿嬤，她姓蘇名可，但對我來說她就叫阿嬤。她瘦小的身體似乎蘊藏了無限能量，無時無刻都充滿活力。幾年前我問阿嬤幾歲，她說六十八。今年再問，她還是說六十八。她看起來永遠都長那樣，皺紋一樣深，頭髮一樣白，好像從沒有衰老過，也像是從來沒有年輕過。

「音波滑板嗎？還是電磁遙控飛機？」我激動問。

「都不是。」阿嬤微笑搖頭，「你已經十二歲，是個大人了，不能再做那些玩具了。」

我大聲抗議。每年我都和阿嬤一起動手製作我的聖誕禮物，阿嬤沒有錢幫我買禮物，但阿嬤永遠都有辦法用別人不要的破爛，教我做出有趣好玩的東西。阿嬤是黑眼星系最厲害的發明家，我偶像。

「不做玩具那要做什麼？」我一臉哀怨，希望阿嬤可以回心轉意。

「做你的成年禮物。」

我不說話了，收起哀怨表情，背脊挺直站好。我聽說過成年禮物，每個人都會拿到，但不知道是哪一天。趙伯伯說有人四十歲才拿到成年禮物，但他也說過大部分人都在十五歲之前。關於成年禮物，我覺得我必須多了解一點，但我還來不及開口，一個硬物就猛然撞上我小腿，伴隨一聲尖細的狗吠。

「昆妮！」我揉著被撞紅的小腿大喊，這已經是昆妮這禮拜第三次撞到我了。但我並不怪牠，畢竟牠的視覺元件是回收場找到的二手貨，早就超過原廠建議的使用年限了。

真正會吃飯拉屎的狗在我出生前就已經絕種了，現在只剩下機械狗。昆妮是我三年前的聖誕禮物，阿嬤跟我兩個人手把手做出來的機械小狗。牠只有最基本的機械骨架和第二代互動晶片，沒有恆溫毛皮和智能腦，但我和阿嬤還是很愛牠。

我拍拍昆妮堅硬的頭顱，牠滿足地搖了搖金屬狗尾巴，跑去牠的紙箱小窩趴好。阿嬤開始跟我說製造成年禮物需要的步驟和原料，我無法克制地害怕發抖，我不想要成年禮物了。

我羞愧地把這個念頭告訴阿嬤。

「巴弟，你知道什麼人才有資格得到成年禮物嗎？」

我知道，一個無所畏懼的人，不會像我一樣光是想像就顫抖不停。

「不對，是一個就算打從心底害怕，還是願意鼓起勇氣前進的人。你無法控制自己不要害怕，但你可以選擇面對它。」阿嬤說，「巴弟，你想成為這樣勇敢的人嗎？」

想，我說，但我還是好怕。

「阿嬤會陪在你身邊。」阿嬤微笑，滿臉的皺紋，讓人好安心。

當天下午，我們先從比較簡單的任務開始：搜集鎳鈿零件。

幾乎每年的聖誕禮物都會用到這些零件，昆妮的身體裡面就有一大堆，它們是所有動力設備的基礎，極度堅硬，卻輕得像羽毛，熔點高達六千四百度，能搭配所有動力核。但今年阿嬤卻說我們要找的鎳鐦零件跟過去不太一樣。

「這次不用二手零件了，我們要用全新的。」阿嬤說，「你的成年禮物可不能隨便。」

我激動不已。我從沒有拿過任何全新的東西，我們家充滿了他人丟棄的失落之物，就連我和阿嬤也是。我是阿嬤在食品處理廠外撿到的棄嬰，一直以來我都安慰自己，爸爸媽媽一定是窮到快把我餓死了，才會將我丟在食品處理廠。每年阿嬤撿到我的那天，我都會躲在處理廠外偷看，期待發現臉上帶著罪惡感、渴望彌補過去的爸爸媽媽回來找我。我從沒有告訴阿嬤我去了哪裡，不是因為怕她傷心，而是我覺得自己很可笑。

至於阿嬤，她曾經有過一個老公，但後來老公不要她了，因為阿嬤沒辦法生小孩。我覺得很可惜，因為阿嬤一定會是一個很棒的媽媽。但阿嬤從不覺得可惜，她總是說：「我有你就夠了啊巴弟，我們是黑眼星系最棒的拍檔。」

沒錯，我們是黑眼星系最棒的拍檔。阿嬤是全能發明家，我則能在佔地萬畝的回收場裡輕易找到阿嬤需要的稀有零件，讓每個人都嘖嘖稱奇。回收場就像是我的第二個家，只是臭了許多，還有吸血蠅飛來飛去，但裡頭充滿各種被丟棄遺忘的閃亮亮寶物，而且管理員趙伯伯對我們很好，我很喜歡他。

趙伯伯的左半身是機器嵌合體，力大無窮，可以用食指和拇指輕易捏碎石頭，像捏爆番茄一樣輕鬆，每次我都會拿小石頭求他表演。我不明白為何大家都不喜歡趙伯伯，阿嬤說因為趙伯伯是繁星黨老兵，他的左半身就是在繁星黨跟星際聯合的百年戰爭中受傷的。停戰協議簽署後，簡稱聖民組的神聖人民組織崛起，抨擊繁星黨賣國，鬥倒繁星黨掌權，停戰協議失效，百年戰爭改叫人民聖戰繼續打。一切都沒有改變，只除了趙伯伯的人生，他從保衛家園的英雄變成十惡不赦的罪人，我不懂，我猜趙伯伯也不懂。

我想去找趙伯伯玩，但今年應該是沒有機會了，今年我們不去回收場，阿嬤帶我來到瑞克的百貨行。

我不認識瑞克，也從沒見過他，但每個基地上都有一座瑞克的百貨行。瑞克肯定很有錢，而錢是我和阿嬤唯一沒有的東西。

但我們需要嶄新發亮的鎳鋤零件。

我和阿嬤來到機械與動力樓層。貨架上展示著各式零件，從家庭搾汁機的Q接頭到滅星者電磁砲的曲狀齒輪，應有盡有。我們直直走進貨架最深處，那裡有最齊全最昂貴的鎳鋤零件，像五顏六色的糖果擺滿整面牆。

我停下腳步，阿嬤繼續走，很快就消失在貨架轉角。我搜尋貨架，鎖定要下手的幾款零件，然後拿起沒興趣的零件隨意查看。一台保全機器人滑進走道，隔空掃描我的人民條碼和心跳速率。

訣竅就是不要有罪惡感。

人在做壞事的時候心跳會上升，但我沒有在做壞事，所以不用怕。瑞克不需要我和阿嬤的錢，但我們需要他的東西。富有的人應該與貧窮的人分享，健康的人應該照顧病弱的人。這不是說我們可以無止境索求，我們只拿生存所需必要的東西，像是食物和藥品，偷機械零件對我來說也是第一次。但阿嬤說成年禮物的意義重大，瑞克會好心地讓我們破例一回。

我相信阿嬤，沒有理由不相信她。阿嬤是黑眼星系最聰明的人，她什麼都知道，什麼都會。我八歲那年在路上被一台無人車撞倒，當場心跳停止，是阿嬤及時在路邊幫我急救，醫生們都說要是沒有阿嬤，我在送到醫院前就已經死透了。

我這條命被阿嬤救了兩次，但我卻沒辦法回報她。我知道阿嬤一直想要一顆微型太陽來完整她的微型宇宙蒐藏，不過微型太陽已停產多年，極度稀有昂貴，最狂熱的微型宇宙蒐藏家甚至願意為了它出賣靈魂。我只是一個小孩，沒有錢，沒有管道，連要去哪裡偷都不知道。每年這時候我都會想到自己無法送阿嬤微型太陽當作聖誕禮物，這念頭總是讓我很難過。

保全機器人對我失去了興趣，繼續往下一條走道前進。我把側背包的拉鍊打開，電擊針握在手中準備，眼角目光留意貨架轉角。終於，阿嬤又出現了，她的身影在走道尾端一閃即逝，但已足夠我瞥見阿嬤兩隻手都握起拳頭，那是可以安全行動的暗號，阿嬤剛才把周遭可能的威脅都檢查過一遍了。

我開始從架上逐一拿下目標零件，用電擊針破壞防盜裝置，丟進包包裡。我動作俐落，鎮定從容，就像一個熟練的生產線操作員，沒什麼好怕的，因為我知道阿嬤不會騙我，這一刻的我無比安全。

很快零件都拿齊了，我拉上側背包拉鍊，走出貨架，朝自動梯走去。阿嬤在賣場另一頭，也正要離開，我們約定好到外頭再碰面。我和一台保全機器人擦身而過，它又再掃描了我一次，白色球狀頭顱沒有轉成紅色，代表我的心跳正常得不得了。

裝滿零件的側背包沉甸甸壓著肩膀，還需要四十分鐘車程和三十分鐘腳程才能到家，但我的思緒已經迫不及待飄回去了。每年聖誕季開始的第一天，阿嬤都會煮我最愛吃的咖哩飯。出門前我有見到桌上那鍋煮好的咖哩，此刻我彷彿已能聞到揭開鍋蓋飄出的濃郁甜香。

忽然我注意到一件事，一個微小規律的逼逼聲從剛剛開始就一直迴盪在耳邊，聽起來不近也不遠，不知道是從哪裡傳出來的。

我左右轉頭尋找，差點尖叫出聲。

我身後跟著一台保全機器人，它光滑的白色頭顱此刻是不祥的深黑色，惱人的逼逼聲正從頭顱內側不斷傳出來。

我徹底慌了，阿嬤從沒有教過我這種情況該怎麼辦，我甚至不知道保全機器人還有黑色模式。我加快腳步想遠離它，它卻如影隨形跟著我，我停下它也停下，我轉彎它也轉彎。開始有顧客朝我看過來，好奇地指指點點。

我看向遠方的阿嬤，阿嬤一定會有辦法，但我卻瞬間僵住，全身血液凝結，阿嬤不見了，到處都找不到她。

我不知道怎麼辦，身體劇烈顫抖，逼逼聲像電鑽一路鑽進腦子裡，眼前的世界開始旋轉，側背包突然變得好重好重，我頭暈想吐，好想丟下這一切跑開，我只想回家。

穿制服的樓管出現了，一名顧客上前和他說話，樓管聽完後左右轉頭找我。我趕緊溜進兩排貨架間的走道，保全機器人也跟著滑進來。我低著頭一直走，心跳撲通撲通加速，逼逼聲頑固地跟在身後，我感覺頭快要爆炸。

突然一個人影擋在我面前，我差點撞上去。

「阿嬤！」

我驚喜地瞪大眼，阿嬤手指放唇上要我小聲，我注意到她另一手拿著百貨購物籃，裡頭的零件多到滿出來，每一個都沒有防盜裝置。

「你趕快下樓離開這裡回家。」阿嬤用氣音說。

「可是這個機器人一直跟著我。」

「阿嬤會搞定，你快點回家。」

阿嬤把我拉離保全機器人，機器人神奇地待在原地沒有移動。

「快回去！」

阿嬤把我推開，我發現阿嬤站在保全機器人旁邊，沒有要走的意思。

「阿嬤妳呢？」

「我晚一點就回去了，你在家等我。」阿嬤回頭看了一眼走道盡頭，「快點，樓管要來了！」

「阿嬤……」我哭喪著臉，不知道該怎麼辦。

「巴弟，你要相信阿嬤。」阿嬤眼周浮出讓人心安的溫暖皺紋，「等阿嬤回家就弄咖哩飯給你吃好不好？」

「好……」我點點頭，擦去眼淚，頭也不回地跑出走道。

沒有阿嬤的回家路程感覺無比漫長，我一路上都努力忍住不哭。一到家我就把鎳錋零件收好，坐在餐桌前，動也不動看著桌上那鍋咖哩，腳邊的昆妮盯著大門，我們一起等阿嬤回家。我一直等到凌晨兩點，才終於撐不住眼皮，趴在桌上沉沉睡去。

隔天我被清晨低溫冷醒，全身僵硬痠痛，阿嬤還是沒有回來。傍晚時我把咖哩放進冰箱，一面哭一面將鎳鋼零件裝進袋子裡，打算回去瑞克的百貨行，告訴他們我才是偷走零件的人，求他們放阿嬤離開。

就在我要出門的時候，昆妮突然大叫，阿嬤回來了。

我丟下袋子，抱住阿嬤放聲大哭。

「哭什麼，我不是說晚一點就回來了嗎，你不相信阿嬤？」阿嬤笑著摸我的背，溫熱手掌在背上來回撫摩，小時候每當我做惡夢醒來阿嬤都會這樣安撫我。

「我相信啊，可是我還是好怕……我怕我再也見不到阿嬤了……」我哭到無法好好說話。

「巴弟你聽我說，」阿嬤的眼神突然變得好柔和，「阿嬤總有一天會離開，沒辦法永遠照顧你，所以你必須要學會自己一個人，知道嗎？」

「我不要！阿嬤我不要妳離開！」我哭得更大聲了。

「阿嬤知道你會怕，還記得阿嬤說過什麼嗎？你要鼓起勇氣面對你害怕的事情，這樣才能成為真正的大人。」

「我不要變成大人，我只要阿嬤一直在我身邊！」

「巴弟……」阿嬤的眼眶也濕了，她沒有再說話，只是緊緊抱著我。

那天晚上，我終於吃到了阿嬤的咖哩飯。我整整吃了兩大盤，吃到肚子都凸成一顆小球才停止。我們吃飯時昆妮一直繞著餐桌跑，牠也很開心阿嬤回來了。可惜牠不能吃咖哩，牠什麼都不能吃，但我們還是給了牠一根空心燃料棒當作骨頭。接下來好幾天牠都驕傲地咬著那根燃料棒，到哪裡都不放下。

阿嬤說我們不能再回去瑞克的百貨行了，這讓我很高興，我一點都不想再踏進那個地方。我問阿嬤那天我離開後發生了什麼事，阿嬤說那台保全機器人故障了，才會變成黑色發出逼逼聲。這無法解釋阿嬤為何直到隔天才回來，但我看得出來阿嬤只願意講這麼多。

我們改去別的地方偷我們需要的原料。其他店規模較小，沒有保全機器人，但卻有人類保全。所以我們都帶昆妮一起去，牠獨一無二的手工外型總是可以吸引人們目光，幫我們製造空檔，牠是全宇宙最棒的狗狗。

很快我們需要的零件都差不多找齊了，只剩下最重要也是最難取得的一樣，動力核。

阿嬤知道我還沒有準備好，所以她將行動日期訂在聖誕節前一天，在那之前我們要先把現有的零件組起來。

這是每年聖誕季我最愛的部分。

早上起床時阿嬤已經泡好一大壺熱巧克力，誘人的香味瀰漫屋裡每個角落。餐桌會變成暫時的工作檯，我照著阿嬤手繪的設計圖，用最簡陋的塑形槍，慢慢將零件修成我們需要的模樣，然後一塊塊組裝起來。

經過多年的訓練，我的技術差不多跟阿嬤一樣好了。阿嬤可以放心坐在暖爐前的搖椅上，看她最喜歡的聖誕影集。只有熱巧克力喝完的時候，她才會起身離開搖椅，替我泡新的一壺。中午我們會叫披薩或炸雞吃，晚餐則吃阿嬤的咖哩飯，有時會倒過來，端看我們那天想先吃哪一個。昆妮會輪流趴在我和阿嬤腳邊，偶爾叫兩聲吸引我們注意。下午三點一到昆妮會準時咬上我的褲腳，拖著我來到戶外。這半小時是牠的遊戲時間，我們會去附近的小丘，牠最喜歡我丟夸克球給牠撿。

晚上八點後我就不工作了。阿嬤和我會把餐桌收拾乾淨，小心翼翼拿出已經是古董的顯像盤，在暖爐前下三盤宇戰棋，不多不少就下三盤。有時阿嬤贏兩場，有時我贏兩場，但我們從來都不會連贏對方三場。沒有人說出口，但我知道我們都不想讓對方帶著壞心情上床睡覺。

每當回憶起童年，我總是第一個想到這段時光。我和阿嬤和昆妮，兩人一狗在破爛的組合屋裡度過寒冷的聖誕季，每一天都如此簡單平凡，卻像屋外的冰晶一樣閃耀不可思議的光輝。

我無法想像比這更棒的童年，就算我跟爸爸媽媽住在一起也不可能。

聖誕樹頂的伯利恆之星越來越亮了，夜晚就算關了燈也能照出房子另一頭牆上的照片（那是我和阿嬤唯一一次去海森堡遊樂園的紀念照），這代表聖誕節已近在眼前了。儘管如此，我還是看不出我的成年禮物到底是什麼。

阿嬤喜歡驚喜，她每次都不告訴我今年要製作什麼禮物，只按照時程給我局部設計圖。往往要到最後一個禮拜，我才能從已經組裝起來的物件模樣猜出今年要做什麼。我永遠記得三年前的聖誕季，當我發現我正在製作的東西是一隻小狗的前腳時，開心地哭了出來。阿嬤大笑著擁抱我，說她整個十二月都在等待我發現的這一刻。

但今年我卻遲遲猜不出阿嬤的驚喜。明天就是平安夜了，這兩天我完成了最後一張設計圖，此刻桌上散布各種形狀大小的組件，我茫然盯著它們，像一個愚蠢的考古學家不知如何拼起散落的骨骸。

阿嬤看得出我有些沮喪。

「等你拿到動力核後，你就會知道這些是什麼，就會明白該怎麼把它們組合起來。」

我不知道，我一點信心也沒有，眼前的組件看起來毫無意義。

「巴弟，你要相信阿嬤，阿嬤有騙過你嗎？」

我搖搖頭，一次也沒有。

「我們今天不下棋了，你早點睡覺，明天是最重要的日子，我們都要養足精神，答應阿嬤你晚上不會爬起來看聖誕流星。」

我沒有食言。我晚上爬起來不是為了看一年一度的聖誕流星，而是要做阿嬤的卡片。

我沒有錢送阿嬤聖誕禮物，所以每年我都會親手做一張卡片。今年我在卡片上塗滿了3D銀河漆（那是我在超市摸彩得到的十六獎），就算在無光處，卡面也會閃耀如璀璨星空。一個硬幣大小的簡易全像裝置黏在卡片中央，那是今年初我在回收場找到的寶物，可以錄製三十秒的全像投影。只要揮揮手感應，一個十五公分大的我就會出現在卡片上方，笑著對阿嬤說聖誕快樂，告訴阿嬤我有多愛她。

毫無疑問，這是我做過最棒的聖誕卡片。但我並沒有興奮太久，因為我想起明天就是偷動力核的日子。我躺在床上，心臟撲通狂跳，久久無法入睡。

隔天阿嬤煮了今年最豐盛的一頓早餐，我卻沒有食慾，連一半都吃不完。阿嬤沒有說什麼，她知道今天的任務和過去都不一樣。昆妮似乎也感染到我的緊張，整個早上沒有吠過一聲，只是眼巴巴望著我，彷彿希望能分擔我的煩惱。

但昆妮辦不到，阿嬤也辦不到，沒有人可以替我做今天我要做的事，我要去哈哈先生家偷走他最好的動力核。

我和阿嬤所在的這個邊緣衛星基地有八十萬人口，我敢用我的紅巨星隊限量卡片打賭，其中九成五的人都聽過哈哈先生。哈哈先生並非行政長官，也非明星藝人，而是軍火販子，黑市之王。

傳聞他擁有黑眼星系一半的軍事火力，繁星黨跟他買武器，聖民組跟他買武器，就連他們共通的敵人星際聯合也跟他買武器。因為這樣，我們這個不起眼的衛星基地可能是整個黑眼星系最安全的地方。沒有人知道哈哈先生為何選擇住在這裡，但所有人都知道溪潤大道114號代表的意義，黑白兩道對這個地址都有無盡的禮遇和敬畏，沒人敢打哈哈先生的主意，除了我阿嬤。

每個禮拜六下午五點，基地東北方的天空就會黑壓壓一片，那是來參加哈哈先生派對的無數星際飛船，正排隊等待降落在基地唯一一條跑道上。哈哈先生的派對固定週六舉辦，全年無休，整個黑眼星系有頭有臉的人全都參加過，但只有真正的大人物才夠資格參加聖誕節前的最後一場派對。那是派對中的派對，無比奢華絢爛，籠罩宅邸的光芒能照亮半片夜空，一晚的開銷據說就等於基地官方整年度的人事預算。

那場派對從昨天晚上六點開始，一路狂歡到今天清晨五點才終於歇息。一台台星際飛船在曙光中靜悄悄駛離基地，溪潤大道１１４號又回復了寂靜。

阿嬤就在這時帶我出門。

今天晚上就是平安夜，哈哈先生的管家團隊要在數小時內將杯盤狼藉的宅邸整理完畢，需要大量清潔人員。過去幾年阿嬤都曾去哈哈先生家打掃賺外快，但今年不太一樣，今年是她第一次帶上我。

「你夠大了巴弟，他們會相信你可以幫得上忙。」

我們到達的時候，哈哈先生家外頭已經排了一長列等待進入的清潔人員，我們花了兩分鐘才走到隊伍尾端，沒想到阿嬤卻說：「今年人怎麼這麼少，看來有得忙了。」

我很快就發現阿嬤說的沒錯，我們領完清潔用品進入宅邸後，數百名清潔人員就像融入大海的小水滴，很快就在巨大無邊的宅邸中散開消失了。一台我見過最優雅的智能飛行機領著我和阿嬤到一間宴會廳，這是我們今天負責打掃的區域。

我徹底嚇呆了。宴會廳大概有我們家五十倍大，一排排擺滿殘羹的長桌從我面前延伸到無限遠，雕刻天花板高得不可思議，我抬頭極目遠眺，卻怎麼樣都看不清上頭的圖案。我忽然生出一種模糊的感覺，感覺我在宇宙間就像一粒灰塵般渺小，幸好這可怕的感覺瞬間就消逝了（但無論過了多少年，只要一想起那間宴會廳，我仍會無法控制地顫抖）。

阿嬤快速地提醒我打掃房間的要領，機械手臂的上限是十張餐盤，除污大師使用前要先靜電化，否則污垢會清不乾淨。飛行機在我們頭頂盤旋，掃描我們的工作進度，每半小時會報出剩餘的時間和進度百分比，搞得像是炸彈倒數。

阿嬤說過往這樣的範圍至少需要四名清潔人員，今天真的有得忙了。但我知道一切都會沒問題的，因為我和阿嬤是黑眼星系最棒的拍檔，沒有什麼難得了我們。

果然，當我們完成九成五的清潔範圍時，時間還剩下綽綽有餘的二十五分鐘。阿嬤對我使了個眼色，我點點頭，終於來到這一刻了。我放下除污大師，對飛行機揮手。

「我要去上廁所。」

飛行機的鏡頭盯著我三秒，然後傳出沒有溫度的機器人聲：「同意。」

我快步走向宴會廳另一頭的廁所，飛行機沒有跟上來，仍在阿嬤頭上盤旋。我趁飛行機鏡頭不注意的空檔，閃出宴會廳進入戶外庭園，開始拔腿狂奔。

起初我不知道要跑去哪裡，眼前是一棟又一棟風格迴異的華美建築。但很快我就想起阿嬤的叮嚀。我抬頭看向天空，空中散布幾個移動的小黑點，它們都朝著同一個方向飛去，那是完成任務要回去機庫的智能飛行機。

我在下方跟著它們跑，路上碰見許多和我一樣的清潔人員，正努力要在時限前完成工作。

一名中年女管家目露疑光攔下我，我在她開口詢問前，一字不差說出阿嬤吩咐的內容。

「權叔要我去黑屋拿零件！」

權叔是管家團隊的頭子，黑屋則是零件庫的別稱。這句話果然有效，女人點點頭放我離開。我在寒風中繼續奔跑，不斷穿過自己吐出的白霧，飛行機開始下降了，散發金屬光澤的閃亮機庫就在前方，我加快腳步，機庫後方逐漸顯露出一整片黑色屋頂，那肯定就是黑屋。

黑屋外觀和阿嬤畫的一模一樣，綿長的建築東面有五個門，我衝向最近的那扇門，拿出阿嬤去年偷偷複製的感應卡片，巨大霧黑門板無聲滑開，我像小老鼠一樣鑽進去。

好冷。

至少比外頭低了十度，這是保存動力元件最完美的溫度。

阿嬤說的沒錯，此刻宅邸所有人都忙於清潔工作，裡頭一個人也沒有，只有沉默的黑色貨架無盡綿延，每一座都有好幾層樓高，窄仄走道像是大峽谷的夾縫，充滿逼人的壓迫感。我開始慌了，這裡的零件比天上的星星還多，我要怎麼找到我要的動力核。

我注意到貨架前方有一片智能面板。我一靠近面板就亮了起來。

「動力核 THX1138。」我說。

面板顯示搜尋中，接著面板突然暗下，一顆金屬球從面板後飛出來，亮起白色螢光，緩緩飄進走道。

我跟上去。不論我的速度如何，金屬球永遠維持在我前方五公尺處，領著我左拐右繞，深入迷宮般的貨架深處。忽然間，金屬球不再前進了，懸浮在一個定點，白光柔和閃爍。我走到金屬球旁，頓時激動不已，眼前的貨架從底部到頂端全都擺滿了THX1138。

任務達成的金屬球暗下，循原路飛離，留下我一個人。

我伸出顫抖的手拿起一枚尚未點燃的冰冷動力核，難以想像這麼小的物體，竟然可以提供長達一百年的豐沛能量。我無法移開視線，著迷凝視手中完美無暇的科技結晶，過了許久才終於回過神，想起阿嬤還在等我回去。

我趕緊把動力核收進口袋，從原路離開，但才拐了兩個彎，我就搞迷糊了，忘記接下來該怎麼走。最後我決定朝固定方向一直走，先從貨架峽谷走出去再說。

突然我煞住腳步，全身僵硬無法呼吸，前方是兩條走道的十字交會處，此刻正有一顆發光金屬球從右方走道拐進來，朝我迎面飛來。

圓形白光有如死亡聖光逐漸逼近，我短暫的一生在眼前閃過，完了，不論是誰跟著這顆金屬球，很快他都會轉進這條走道，現在要從另一端跑出去已經來不及了。

金屬球像一枚流星朝我筆直飛來，我在最後一刻蹲低身體，白光從我頭上無聲掠過，就在這時，我瞥見了一絲希望。

貨架最底層全是大型等離子板，我將它們往兩旁推開，把自己塞進去，才剛側身躺好，就有人走進走道。

我雙手摀住嘴巴，緊閉雙眼，恐懼從體內不斷湧出來。腳步聲逐漸接近我躲藏的地方，像前來索命的死神。我拚命發抖，要是被發現我偷哈哈先生的東西，我就再也見不到阿嬤了……

突然間，我注意到來者的腳步聲有些古怪，還伴隨一種規律的沙沙聲響。

我好奇地張開眼睛，差點驚呼出聲。一名全身布滿皺紋的裸身老人，正赤腳蹣跚地走過通道，說他裸身並不完全正確，他戴了一頂鑲滿鑽飾的皇冠，還披了一件華貴的絨毛長披風，紅底金邊，披風長長的尾端落在身後拖著地，像一條年邁老蛇吃力爬行。

我無法移開目光，眼前的景象怪誕詭異，讓人不寒而慄。老人完全沒有注意到我，視線直勾勾射向前方，眼眸深處閃爍鬼火般的奇異光芒。他殘朽的身軀好像隨時會倒下，但似乎有一股看不見的力量支撐著他，讓他不停向前跨出新的一步。

老人慢慢走遠，最後終於消失在走道盡頭。我四肢著地爬出貨架，發現自己全身都汗濕了。我站起來，拔腿便往反方向沒命狂奔，彷彿老人的枯槁手指就追在我頸後。

終於我跑出連綿不斷的貨架峽谷，整個人撞在黑色牆壁上。我不知道自己身在何方，只能沿著牆壁尋找一個出口，心跳如警鈴大作，腎上腺素衝上腦門，我從沒有這麼想離開一個地方。

前方的牆壁出現一塊感應面板，我找到一扇門了。我掏出卡片感應，高聳門板向一旁滑開，日光射進來，照亮貨架旁的一個銀色展示台，我不敢相信自己的眼睛，整個人從腳底一路麻到頭頂。

我像是受到召喚，虔誠地走向那座展示台，溫暖的熱度均勻地敷上臉頰，我幾乎要流下眼淚。

展示台上懸浮著一團耀眼的澄黃光芒，那是一顆微型太陽。

光芒像是有生命般隱隱變化著形體，光是注視就能感受到一股難以言喻的幸福，那是人類最早的母親的複製品。

我想到阿嬤，阿嬤還在宴會廳等我回去。

我沒有半點猶豫，將手伸到太陽下方的圓形基座關掉開關，光芒和熱度瞬間消失了，太陽成為一顆凹凸不平的黑色小球，緩緩落在基座上。

我小心地輕觸太陽，意外地一點都不燙，甚至有些冰涼。我把太陽拿離展示台的時候感覺到一股輕微拉扯的吸力，等我意識到那是什麼的時候已經來不及了，我扯斷了連結微型太陽和展示台的防盜引力鏈。

下一秒，整間庫房的照明同時轉成暗紅色，頭頂響起轟炸機升空般的沉重警報聲，牆上的門洞突然急速縮小，我在最後一刻躍起身體撲出去，重重摔在外頭地上。

黑屋厚實的牆板隔絕了粗暴的警鈴聲，眼前的一切寧靜祥和，但我知道這只是暫時的，我爬起來衝向最近的遮蔽物，右前方的一座圓頂透明建築。

透明建築的門不需要感應就能打開，一進去就有股濕潤熱氣迎面撲來，腳下觸感不平，我低頭一看，地上竟全是泥土。屋裡種滿了各式珍奇植物，甚至有高至圓頂的紫紅大樹。原來這是一間溫室。

我才剛在一株兩人高的食光植物後躲好，就從透明牆面看見管家們從四面八方奔向黑屋，接著出現一隊全副武裝的黑衣特警，好幾台飛行機從機庫飛出來，跟著人們一起進入黑屋。我心跳撲通大響，腦袋一片空白，雖然知道應該趁這個空檔去跟阿嬤會合，但我卻無法動彈，整個人不停發抖。

忽然有一名管家從黑屋跑了出來。兩秒後，所有黑屋的門一齊打開，不停湧出持槍特警和更多管家，飛行機也一台一台飛出來。他們發現犯人不在黑屋裡了。帶頭的管家開始發號施令，所有人員和飛行機有秩序地分頭散開，其中兩名特警大步朝溫室跑來。

我轉身開始跑，揮開枝葉和藤蔓，一路衝進溫室深處。很快就看不見透明牆面了，層層疊疊的碩大葉片遮蔽頭頂，越深入其中，人和科技的氣味就越稀薄，像是真的踏入一座複合式雨林，野性而神祕，就連吸入肺中的空氣也和外界不同，充滿濃厚的生命力。

我聽見沙沙作響的腳步聲。

我不敢置信，趕緊在一棵筋肉糾結的腐體樹後躲好，他們肯定有趙伯伯提過的動態追蹤輔助，否則不可能這麼快追上來。我的心沉了下去，我逃不掉的，只是時間問題而已。

一聲爆裂巨響，我身後的腐體樹突然炸開，強勁的衝力將我狠狠撞倒，在地上翻了好幾圈。我眼前天旋地轉，嘴裡都是泥土，粗暴的耳鳴像是有人在我腦中塞進一台壞掉的電波發射器。儘管如此，我仍能聽見有人在大喊。

「我看到他了！」

我右手邊一株多肉植物被射中爆開，酸辣汁液噴上我的皮膚，我沒時間疼痛，爬起來衝進前方的樹叢，用此生最快的速度往前飛奔。我邊跑邊將手伸進口袋，確認動力核和太陽都還在。我緊緊抓住冰冷的黑色小球，此刻這顆太陽就是我現在唯一的目標：我一定要再見到阿嬤。

我分不清東南西北，就只是左拐右繞一直跑，四周不斷有植物被反物質槍擊中，我彷彿跑在一片地雷田中，全身細胞緊繃到極限，絕望像大霧困著我，身後的騷動始終如影隨形。我不知道要跑去哪裡，我不知道前方有沒有出口，我只能埋頭狂奔，被追上一切就結束了。

前方一棵樹突然被攔腰射斷，橫倒在我前進的路線上，我想煞車轉彎，身體卻失去重心，狼狽摔跌在地。

糟了——

我才剛爬起身，背後就傳來令人心跳停止的吼聲。

「站住！再跑我開槍了！」

「搞什麼，是個小孩？」

我好怕，怕得不得了，但我想起阿嬤的話，我必須鼓起勇氣面對心中的恐懼。我把手伸進口袋抓住動力核，大步踩上前方的倒塌樹幹躍起，在空中一百八十度旋身。一切彷彿成了慢動作，我可以清楚看見兩名特警吃驚的黝黑臉龐，他們的雙眼逐漸瞪大，冰冷槍管緩緩移向我，兩枚槍口像死人的眼睛，漆黑無光。

我將點燃的動力核用力丟出去，其中一把反物質槍擊發了，槍口射出的炫紅光束被動力核的高密度重力吸引而彎曲，就在兩者即將接觸的瞬間，我摔在樹幹後方，抱頭縮起身體，下個剎那，空氣劇烈震動，整個世界融進一片白光裡。

不知道過了多久，白光像退潮的海浪慢慢淡去，色彩和形體一點一滴浮了出來。我眨眨眼站起身體，發現剛躲藏的樹幹被削去一大片，四周的植物沒有一株完好。一名特警的上下半身分離了，腸子散在體外，血染黑了整片泥土地。另一名特警被衝擊波震到遠方，趴著動也不動。

眼前的景象讓我雙腳發軟，但我仍轉身繼續跑，跑得跌跌撞撞，好幾次都差點摔倒。但我絲毫不敢慢下來，要是慢下來，倒在地上肚破腸流的人就會是我了。

忽然我被一個看不見的東西迎面重擊，向後摔在地上，眼前金光閃爍。我以為死定了，卻遲遲沒有第二波攻擊，才發現原來我剛撞上了透明牆，我來到溫室底端了。

我趕緊起身沿著牆跑，尋找一個出口。外頭可以看見來時經過的復古城堡造型建築，宴會廳就在那後面不遠，阿嬤就在裡頭。

但我卻遍尋不著一扇門。

會不會我跑錯方向了，出口其實在另一邊？

這念頭讓我不禁停下腳步，下一秒，一個黑影竄進視野邊緣，我還沒反應過來，就被黑影踹倒在地。

世界彷彿一秒變成真空，我抱著肚子無法呼吸，眼淚滲出眼角。剛才逃過一劫的特警由上往下俯視我，沾滿鮮血的臉龐沒有表情，無光眼瞳充滿黑色殺意。

特警舉起反物質槍對準我的臉。

一切都結束了，我閉上眼睛，想著阿嬤的臉。

突然一聲痛苦的低吼，我睜開眼睛，發現一道青焰光束從特警胸口穿出來，鮮血滴滴答答落在地上。接著光束消失，特警軟綿綿倒了下去，他身後站著一個人影，那是拿著去汙大師中子引擎當武器的阿嬤。

「阿嬤！」

我壓力瞬間釋放，緊緊抱住阿嬤大哭，無論她說什麼都不放開。阿嬤不斷撫摩我的背，試圖讓我冷靜下來。

「巴弟，不要哭了巴弟，時間不多了，我們要趕快離開這裡，不能再耽擱了。」

阿嬤不尋常的緊繃嗓音讓我終於放開手，點點頭吸了吸鼻子。

「外面都是飛行機，我們要怎麼離開？」我問阿嬤。

阿嬤拉著我遠離透明牆，快步走進溫室深處。

「溫室裡有一條小河穿過東南角，小河離開溫室後會轉入地下，直到宅邸外才會回到地面，匯入17號河的支流，我們可以利用小河逃出去。」

我忽然覺得好安心，有阿嬤在一切就沒問題了。然後我想起阿嬤最早交代我的計畫，那本來應該是個萬無一失的完美計畫。

「阿嬤對不起……都是我害的，要是我有照計畫行動，現在就不會這樣了。」我猶豫了一下，說：「……我弄丟動力核了。」

阿嬤轉頭看我，出乎意料，她臉上竟浮出好奇的笑容。

「巴弟你做了什麼？只是拿動力核應該不會觸發警報才對。」

「我……」

我把手伸進口袋握住微型太陽，就在我要將手拿出來的時候，前方突然出現潺潺流水聲。

「到了！」阿嬤撥開半人高的孿生葉片，眼前出現一條水流湍急的藍綠色小河，空氣瞬間清涼起來，有誰會想到離開的出口竟然長這副模樣。

「巴弟你先下水，阿嬤跟在你後面，只要順著水流就可以——」

眼前紅光一閃，阿嬤突然飛了出去，重重摔在地上。

「阿嬤！」我驚慌大喊。

左側的腐體樹後跑出一名特警，隨即又有兩名特警跟著衝出來，右側和後方也開始湧出特警，我和阿嬤被徹底包圍了。

我想也沒想就衝到阿嬤身旁，抱起她跳入水中，強勁的水流瞬間就將我們推出十幾公尺遠，反物質槍不斷擊發，水面炸出無數水柱，但都沒有擊中我和阿嬤。

很快就看不見半個特警了。我抱著阿嬤在激流中載浮載沉，想辦法將她的口鼻維持在水面上方。阿嬤雙眼緊閉，不論我怎麼喊她都不回應。忽然眼前一黑，身體像溜下滑梯般陡降，我驚叫出聲，兩秒後才發現小河進入地下穴流了。我回頭看，溫室的光芒快速遠去，轉眼就消失不見，只剩下完全的黑暗，伸手不見五指。

我在凍骨河水中無助地抱緊阿嬤，身邊是不間斷的轟轟水聲，以及無邊的絕對黑暗。我什麼也無法做，只能任由河水帶著我，彷彿漂流在沒有星星的宇宙深處，這一秒和下一秒沒有絲毫不同，時間感不斷延長再延長，永遠沒有結束的一刻。

不知道過了多久，我感覺水流突然加速了，接著刺眼白光乍現，我閉緊雙眼，河水流出地表了。翻騰加速的暗流將我不斷捲入水中，我勉強將阿嬤撐出水面，自己卻吸不到氣，肺中的氧氣急速減少。就在我快撐不下去的時候，我身體突然猛烈一震，懷中的阿嬤脫手，下個剎那，一切無預警地靜止下來。

我睜開眼睛，看見午後的透明藍天，我被沖到沙地上，河水彎了一個方向繼續奔流，四周是陌生的野地，我們成功逃離宅邸了。

阿嬤人呢？

我突然聽見兩聲嗆咳，發現阿嬤倒在不遠處，她看起來無比痛苦虛弱，但還活著。

「阿嬤！」

我連滾帶爬來到阿嬤身旁，眼前的景象卻讓我徹底僵住。我久久的，久久的，盯著阿嬤受傷的胸口，無法移開視線。

「巴弟……」阿嬤呢喃。

我沒有辦法回應阿嬤，我辦不到。

阿嬤的衣服破裂綻開，底下並非血肉模糊的傷口，而是外翻的合成皮瓣和凹陷毀損的鎳錋零件。

阿嬤是智能仿生人。

突然有東西貼上我的臉頰，是阿嬤的手。我抖了一下，但沒有躲開，阿嬤手的觸感和過去一模一樣，一種令人心安的粗糙。

我將視線移向阿嬤的臉，眼眶瞬間熱燙，阿嬤抱歉地看著我，帶著我最熟悉的微笑。

「巴弟……對不起……」

我只花了一秒就原諒阿嬤了，不論她身體裡裝著什麼，她都是我阿嬤，永遠都是。

我抽泣到無法呼吸。

「為什麼妳都不跟我說？」

「有一天你就會明白了……你要趕快離開這裡，他們很快就會追過來……」

「好……阿嬤我們回家，我帶妳回家。」

我的手才剛抱住阿嬤，就被她牢牢扣住手腕，一點一點拉開，我從不知道阿嬤的力氣這麼大。我的手被完全扯離阿嬤的身體，阿嬤將我輕輕推開。

「巴弟你快走……阿嬤已經不行了……」

「妳在說什麼，我才不會把妳丟在這裡。」

「阿嬤的時間已經到了……你趕快離開，一個人好好活下去，不要忘記阿嬤……」

「我不要！要走一起走，我們一起回家，我可以去偷零件把妳修好，要多少零件我都偷——」

「巴弟。」

阿嬤打斷我，露出我見過無數次的落寞微笑。每當阿嬤在宇戰棋喊出將軍後，我總是會賴皮地問阿嬤還有沒有活路，有時阿嬤會給我提示，其他時候阿嬤會搖搖頭，露出此刻的笑容，代表比賽真的結束了。

阿嬤從來沒有騙過我。

真的結束了……

我從體內最深處開始湧出寒意，整個人抖到停不下來。過去不論多麼危險的處境，只要阿嬤在身旁，我就可以很安心。但這一刻我卻好害怕好害怕。

阿嬤用雙手拉開胸口的皮瓣，在凹陷的鎳錋零件深處，飄著霧氣般的朦朧藍光，那是一枚完好無損的動力核。

阿嬤手伸進去，下個瞬間，她身體猛然一震，然後是一聲長長的嘆息，她從胸口拔出那枚泛著碧藍光芒的動力核，被扯斷的電纖瞬間黯淡下去。

「你的成年禮物……把它組起來……」

阿嬤把動力核塞到我手中，我腦袋一片空白，像是拿著一顆血淋淋的心臟，不知如何是好。阿嬤剛親手終結了我的最後一絲希望，很快她就會用完體內剩餘的能量，閉上雙眼，永遠不會再醒來。

我連眼淚都忘記流了，就只是怔怔看著手中的動力核。

「巴弟……」阿嬤的呼喚讓我回過神，我看向阿嬤，她臉上的血色正快速消逝，神情痛苦扭曲，我忽然記起一件事。

我從口袋拿出那顆平凡無奇的黑色小石頭，觸發氬氦反應，它開始緩緩旋轉發紅，輻射溫熱光芒，我讓它懸浮在阿嬤眼前。

阿嬤靜靜看著微型太陽，表情突然好安詳，光芒染紅她的蒼白臉龐，她看起來就像平常的阿嬤，充滿活力又可靠，彷彿下一秒就會跳起來，宣布她剛想到的解決方法。

但阿嬤沒有跳起來，她一直躺在那裡，就連我握上她的手，她也沒有力氣回握了。她把所有的能量都用來凝視我，對我說話。

「巴弟……不要怕，阿嬤會一直陪在你身邊，陪你面對所有的恐懼……」阿嬤的聲音逐漸變緩，音節越拖越長。「你要記住，巴弟，你是獨一無二的，我很幸運能當你的阿嬤……我很幸運……」

阿嬤的臉凝住不動了，再也無法說出任何一個字，微型太陽的光溫柔落在她臉上，像來自另一個世界的聖光。

阿嬤沒有騙我。

我拿到動力核後，就明白該怎麼把成年禮物組起來了。整個過程不到五分鐘，每個組件都完美契合阿嬤的動力核，彷彿它們當初設計的目的就是為了無縫安裝在這枚動力核上。

最終成品是一把我見過最精緻優美的反物質槍。

我無法理解我的成年禮物為何是一把槍，但這是阿嬤留給我的最後一樣東西。我帶著槍和昆妮和一包家當露宿街頭，我不敢待在家裡，我怕哈哈先生的特警會找上門來。

我開始學習冰冷的街頭法則，我自認適應得還不差，但我卻錯得離譜。起初我以為昆妮只是走失了，我找了三個小時，最後才在一處垃圾場發現牠。牠身上稍微值錢的東西都被拆走了，剩下散落一地的骨架。我把昆妮埋在我們常去玩的小丘上，從那裡可以眺望老家，我知道昆妮已經跟阿嬤在一起了。

我繼續一個人在街頭討生活，越來越少流淚，越來越常傷害別人。儘管如此，該發生的事終究還是發生了，我在偷食物的時候被逮個正著。

經理把我帶進辦公室就離開了。辦公室裡有兩名黑衣人，他們給了我一個選擇，在我人生沒有絲毫選擇的時候。

就這樣，我加入繁星黨的地下反抗軍。

從那天開始，沒有人再叫我巴弟了。我成為一串數字，然後是一名士兵，最後是一個殺人機器。

他們說我因為優異的殲敵能力被選進特勤部隊，但我知道並非如此，我沒有比別人更厲害，我只是擁有一個最珍貴的成年禮物。

只要拿著那把反物質槍，不論碰上多致命的危機，陷入多絕望的困境，我都還是可以好安心。因為我知道阿嬤就在我身旁，她的心就在我手中，她會陪我面對所有恐懼，我彷彿可以聽到她對我低語：巴弟，一切都會沒問題的，因為我們是黑眼星系最棒的拍檔。

特勤部隊負責突襲聖民組的軍事與情報據點，隊員們經歷無數次浴血奮戰，一起出生入死，羈絆比親兄弟還親，但我們從不聊彼此的反物質槍。

相似的手工打磨外型，同樣閃著霧氣藍光的動力核，明明是自己獨一無二的成年禮物，卻發現人人都有一把。但我們從來不問不說，只是將回憶和祕密埋得更深，深到沒有人可以看見。

現在我已經知道繁星黨的超級士兵計畫了。很難相信這個龐大耗時的瘋狂計畫竟然建立在一篇沒人聽過的軍事論文上。論文作者主張超級士兵的基礎不是肉體，而是心靈，只有懂得恐懼為何物、願意犧牲性命保護所愛之人的人，才有可能成為最強的士兵。

換句話說，超級士兵的祕訣就是，愛。

T930，這是計畫使用的仿生人型號，同時身兼孤兒的照顧者、培訓者與評測者。這可以解釋許多事情，例如阿嬤為何是全黑眼星系最厲害的發明家，阿嬤怎麼有能力在路邊替我急救止血，阿嬤是如何定位我在溫室的位置。有一個部門專門處理T930發出的緊急訊號，阿嬤在瑞克百貨的那一夜就有三次通訊紀錄。

但就算將T930的每一條方程式都列出來，也無法解釋最重要的事情，那就是阿嬤對我的愛。

T930也無法解釋那個晚上。我們在小行星遭遇埋伏，好不容易撤回到運輸船。重傷的夥伴在船上嚥氣前，一次又一次呼喚著阿嬤。那兩個字讓所有人淚腺決堤，整台飛船全是啜泣聲，平時殺人不眨眼的硬漢哭到不成人形。我身旁的兩米壯漢像個孩子倒在地上，崩潰哭喊阿嬤。

T930永遠都無法解釋這一切。

那個晚上我沒有哭，其他晚上也沒有，但今天在反抗軍酒吧的聖誕派對上，我卻壓抑不了心中的激動。我望著吧檯旁的廉價聖誕樹，樹頂的伯利恆之星和我記憶中一模一樣，閃耀溫暖純真的光輝。回憶瞬間湧了上來，我聞到咖哩的香味，聽見昆妮歡樂的叫聲，我急急推開人群，在淚水奪眶前走到室外。外頭是零下低溫，我仰頭看著星空，眼淚終究還是滑了下來。阿嬤，我低聲呼喚，阿嬤。模糊的視線中，我彷彿看見熟悉的笑臉，我又回到童年的冬天早晨，聖誕季開始的第一天，所有的快樂都在前方等待，阿嬤在我身邊。

等待超人

男人把車停在路旁，他一身筆挺黑西裝，拿著公事包，按照指示走進森林。

起初男人還懷疑自己是否能找到目的地，但很快他就放心了，才走了不到五分鐘，眼前便豁然開朗出現一塊空地，一座灰色建築安靜佇立在空地中央。

男人心中一凜，敬畏又好奇地看著建築物。

他知道漫畫中的超人在北極有一個祕密基地叫孤獨堡壘，遙遠、寒冷、寂靜，但他不知道現實中的超人也有一座孤獨堡壘，而且一點也不遠，離臺北市中心只有一小時半車程。

這座孤獨堡壘是由清水混凝土建成的立方體，大小近似於一間高中教室，高度則介於一層樓到兩層樓之間。立方體正面有一扇門，這是唯一的入口，沒有電鈴，沒有門牌，與其說這裡是某人的祕密住所，更像是廢棄的軍事設施。

男人走到門口，門上有一個黑色感應器。他拿出兩週前收到的卡片，緊張地嚥了口口水，這是他的大好機會，絕對要把握住。男人將卡片小心翼翼放到感應器上，一聲清脆的「嗶」，他推開大門走進去。

門後的空間沒有隔間，房內景象一覽無遺，裡頭只有一個人，和男人預料的一樣。

但卻不是他期待的那個人。

「班長？」

被喚作班長的男人露出驚喜笑容朝他走來。

「好久不見欸猴子！」

班長和猴子握手，手勁大而有力。他的笑容美好，牙齒潔白，帥氣髮型和高中時一樣完美無暇，手上還多了高中時沒有的勞力士。

「好久不見好久不見！」猴子揚起笑容，下意識點頭彎腰。他左右看了看房間。「超人在哪？」

「我也想知道，你是我第一個碰見的人。」

「你到多久了？」

「兩分鐘吧。」

「我沒有看見別的車停在下面，還以為我是第一個到的。」猴子有些失望。

「我坐Uber上來的。」班長說，「沒想到超人竟然瞞著媒體在山裡弄了這麼一個祕密基地。」

猴子這時才第一次好好看了這個地方。房間正中央有一張大圓木桌，四周圍著六張椅子。唯一一扇窗戶的窗簾拉著看不見外面。牆邊有書架、音響、收納櫃和展示櫃，超人的海報和裱框剪報掛在牆上，但最醒目的還是牆壁中央那張高至天花板的巨幅照片。

猴子曾在Time雜誌封面見過那張照片，但尺寸放大這麼多倍後，感受便截然不同了。照片裡的超人穿著全黑超人裝飄浮在空中，逆光俯視鏡頭，看起來就像支配一切的神。

猴子似乎想到什麼，很快拿出手機，像命案蒐證人員般到處拍照，畢竟可不是每個人都有機會參觀超人的祕密基地。他一路拍到展示櫃前，發現有塊黑色石頭擱在玻璃圓罩裡。班長走到他身邊，兩人默默盯著石頭。

「這就是六年前那顆隕石吧。」班長說。

「七年。」猴子對著隕石猛拍，「我還以為會更大一點。」

「一塊小石頭就可以扭轉一個人的命運……」班長嘆了口氣，「真令人羨慕啊。」

猴子愣了一下，很快堆起笑容。

「班長你哪需要羨慕別人，你的火鍋店開的到處都是，別人羨慕你都來不及了。」

「小生意哪能跟超人比。」班長笑著說，「高中畢業後就沒有你消息了，你現在在做什麼？」

猴子像是已練習過上千遍般，從西裝內側口袋光速抽出名片，上頭的職稱是K人壽保險部副理。

「厲害欸猴子，這麼年輕就當副理，難怪穿得人模人樣。」

「運氣運氣啦。」猴子笑著說，「班長有什麼保險需求，不管是餐廳還是個人險，一通電話——」

「你認識Lucy嗎，她也在你們公司，之前在百達翡麗發表會遇到她。」

「呃……Lucy……好像……不太……」

「不認識嗎？長得像郭雪芙。」

「啊，我知道了，小郭雪芙，她是另一區的主管。」

「太好了，你之後可以請她打給我嗎，還沒給你名片。」班長拿出名片，「打這支手機就可以了。」

「喔……好……」猴子笑容僵硬地接下名片。

班長拍拍猴子手臂，忽然他雙眼一瞇，捏了捏猴子鬆軟的二頭肌。

「沒在打籃球啦？」

「工作忙嘛。」猴子不好意思笑了笑。

「這樣不行，過三十歲後代謝掉很快，你看我，天天都要去練一下。」班長彎起手臂，襯衫下的二頭肌誇張凸起。

猴子還來不及奉承讚嘆，身後便傳來嗶一聲，他和班長一起轉頭，期待地看向門口。

門打開，一個墨鏡女人走進來。她掃了房間一眼，然後摘掉墨鏡，冷冷看著班長和猴子。

「超人呢？」

猴子正要開口，班長已經先迎了上去。

「這不是大明星盧妙兒嗎，我就知道妳會來，好久不見！」班長笑著朝妙兒伸出手。

妙兒伸手壓上太陽穴，將班長的手晾在空中。

「有止痛藥嗎？我頭痛。」

班長尷尬地放下手，轉頭問猴子。「你有嗎？」

猴子搖搖頭。

「我猜超人也不會有止痛藥。」班長走到圓桌旁拉開椅子，對妙兒示意。「先坐下來休息吧。」

妙兒嘆了口氣，走到桌旁坐下。班長坐在她身邊，猴子也趕緊在妙兒另一側坐下。

「同學好久不見，這是我的名片。」猴子笑吟吟說。

妙兒瞥了名片一眼，不感興趣地移開視線。猴子的笑容僵在臉上，默默收起名片。

「超人人呢？」妙兒說。

「我們也不知道。」班長看手錶，「還有五分鐘才三點，妳也提早到了。」

「計程車司機飆車，山路開到我頭痛。」妙兒皺眉說。

「就是這樣我才喜歡坐Uber，」班長說，「計程車老是亂開，又愛繞路，最討厭那種不會看臉色拚命聊天——」

「還有誰會來？」妙兒打斷他。

「呃……」班長看向猴子，猴子也明顯沒有答案。

「超人沒有跟妳說嗎？」班長問妙兒，「我以為你們比較熟？」

「怎麼可能，我跟超人完全沒聯絡，我連他手機也沒有。」

「該不會妳也是收到邀請函來的吧？」班長從口袋裡拿出一個黑色信封，信封正面燙有超人的金色標誌，右上角有郵票和郵戳印。

「嗯哼，超人把那個寄到我老家。」妙兒雙手抱胸。

「我是寄到公司。」猴子從公事包裡拿出邀請函。

「猴子你跟超人有聯絡嗎？」班長問。

「沒有，所以我收到邀請函的時候超級驚訝，畢竟我們高中的時候跟超人——」

「久違的同學會提那個做什麼，」班長笑著打斷猴子，「大家都大人了，怎麼還會在意十五年前的往事。」

「十六年。」妙兒冷冷地說。

「哈哈哈對……」猴子連忙笑道，「我只是很意外超人還記得我喜歡打籃球。」

猴子拿出他剛用來開門的黑色感應卡，卡片上有一個紅色籃球圖案。

「咦?卡片上的不是座號嗎？」班長從信封中拿出他的卡片，上頭印了一個數字1。

「妙兒妳的是什麼？」猴子問。

妙兒似乎有些不情願，但最後還是拿出她的卡片，上面是一顆從中間裂開的愛心。

「我知道了！」猴子眼睛發光說，「圖案就是我們的特色，妙兒當年在學校常發好人卡拒絕告白，所以是心碎圖案。」

「是我太沒特色只好用座號嗎？」班長皺眉。

「我覺得不是，」猴子說，「當初開學時大家都不認識，老師指定座號1號當班長，後來你就一路當了三年，所以1應該就是代表班長。」

班長看著卡片點點頭。

「好像有人來了。」妙兒說。

大家瞬間安靜下來，門外傳來模糊的腳步聲，所有人屏息等待。

嗶。

「啊啊啊累死我了！」

一個穿帽T的胖男人咚咚咚走進房間，臉上大汗淋漓，手中還抓著一杯麥當勞可樂。

「我沒遲到吧？」

「阿肥？」猴子瞪大眼看著胖男人。

「嗨猴子。」阿肥喘著氣走到桌旁坐下，「嗨班長，嗨妙兒，妳還是一樣正，怎麼沒看到今天的主角？」

「我們也很疑惑。」班長說，「我們連今天會有幾個人來都不知道。」

「至少還有一個。」阿肥一口氣把可樂吸光。

「你怎麼知道？」班長問。

「我剛剛在路上遇到她了。」阿肥用手搧風，「這裡是不是有點悶？」

「你遇到誰？」猴子問。

「一個讓我差點想轉身回家的人。」阿肥說，「她原本走在我前面，你們如果不介意可以出去幫她，我不打算當她的男僕。」

「什麼意思？」猴子不解。

門外忽然出現模糊的人聲。

「來、了。」阿肥做了個鬼臉。

大家很快就聽出來了，那是一個女人在大叫「死胖子」的聲音。女人的叫聲和腳步聲逐漸靠近門口，所有人面面相覷，沉默等待。

嗶。

一個巨大木盒子搖搖晃晃走進來，木盒子下方有兩條穿高跟鞋的細腿。

「死胖子！你就這樣走掉，是不會幫忙喔！」木盒子說。

「工具人也是要看對象的。」阿肥冷淡地說。

「我來幫妳。」猴子趕緊上前接過木盒。盒子意外沉重，猴子晃了一下才拿穩。

「小心，摔壞了你賣腎都賠不起。」女人邊整理皺掉的名牌套裝，邊指示猴子將木盒放到牆邊。

「小公主妳那張嘴過了這麼多年都沒變欸。」阿肥譏諷道。

「這麼多年過去你也還是一個死肥宅啊。」小公主說，「怎麼只有你們幾個？」

「超人還沒到。」班長說，「先坐下來等吧。」

小公主走去坐在猴子位子上，那是離阿肥最遠的座位，猴子只好改坐她旁邊。一坐下猴子便拿名片給小公主，小公主看也沒看就收起來，轉身湊近妙兒。

「欸妙兒，妳和宋遠的緋聞是不是真的啊？週刊都說他不介意妳吸毒之後沒戲拍，但妳應該不會看上他吧，都已經離婚兩次的人了，一個月贍養費不知道要付多少吶。」

妙兒看著小公主微笑，「妳覺得呢？」

「假的！我就知道！」小公主得意大喊。

「那個……我們晚點再敘舊吧，有問題想先問妳跟阿肥。」班長說，「你們有人——」

「等等，我先插一句。」阿肥舉手指向木盒，「那鬼東西是幹嘛的？」

「什麼鬼東西，」小公主翻了個白眼，「那是我專程跟愛馬仕訂製的生日禮物。」

「誰的生日禮物？」阿肥問。

「還有誰，當然是小龜啊。」

「小……妳是說超人？」班長說。

「嘖，你們又不是不認識他，小龜就小龜啊，我敢打賭他現在私底下一定還是那個陰沉死樣子，一個人才不會被放射線弄一下就變成另一個人。」

「妳確定嗎？」阿肥說，「隕石的放射線可是讓他一個月內長高二十公分，突然刀槍不入又會飛喔。」

「聽說他連近視也沒了。」猴子說，「而且超人生日不是還沒到嗎？還有兩個月吧？」

「她老公等不到兩個月了。」阿肥幽幽說。

「死胖子你什麼意思？」小公主說。

「誰不知道妳那企業家老公最近內線交易官司纏身，妳是來求超人救妳老公吧。」

「你……」小公主瞪著阿肥，似乎無法反駁，只好把砲火轟向別處。「你們最好都是來同學會敘舊啦，班長你的火鍋店最近不是倒了好幾家嗎，你今天是想找小龜幫你宣傳吧？」

班長臉色一變，但很快又露出笑容。

「沒那回事，我是打算拓展海外市場，所以只留幾間主力店面。」

「是這樣啊。」小公主呵呵。

「我頭好痛，超人什麼時候才要來？」妙兒扶著頭說。

「對，我剛剛就想討論這件事，」班長趕緊將話題拉回來，「離約定時間已經過二十分鐘了，你們有人可以聯絡上超人嗎？」

小公主沒答腔，阿肥搖頭。

「你們也是收到超人寄的邀請函?沒有人事先見過超人？」班長有些驚訝。

「如果小公主平常就能見到超人，她今天就不會搬那鬼東西來了。」阿肥笑道。

「閉嘴。」小公主怒瞪。

「你們卡片上的圖案是什麼？」猴子出聲圓場，「每個人似乎都有一個代表圖案，我是籃球。」

小公主拿出她的卡片放到桌上，黑色卡面上有一個紅色十字。

「這是什麼？」猴子歪著頭看。

「你忘嘍，小公主是醫院千金，所以才叫小公主啊。」阿肥語氣頗酸。

小公主哼了一聲。

「要不要猜猜看我的圖案？」阿肥神祕兮兮拿出他的卡片，上頭有一個十八禁標誌。

班長和猴子都「喔」了一聲。

「你們在喔什麼？」小公主皺眉問。

班長和猴子對看，沒有人開口。

「我自己說吧，以前高中的時候我是A片大盤商，大家都跟我借A片去看。」阿肥笑道。

「對我想起來了，你還會把同學的頭合成到女優身上，噁心。」小公主一臉嫌惡。

「我就是噁心死肥宅啊。」阿肥笑著站起身。

「你要去哪裡？」班長問。

「參觀一下，你們聊，不用理我。」阿肥走向展示櫃。

阿肥離開後，圓桌上頓時陷入沉默。班長若有所思，妙兒面無表情，猴子掛著不自然的微笑，小公主皺眉盯著她的木盒，空氣裡只剩下阿肥走動的腳步聲。

突然班長開口說：「應該沒有其他同學會來了。」

「你怎麼知道？」猴子說。

「已經這麼晚了，又只剩下一張椅子，超人應該有算過人數吧。」班長說。

「你們覺得小龜會不會碰上什麼緊急事件了？」小公主說。

「什麼緊急事件？」班長說。

「火車出軌或是墜機之類，否則他怎麼會遲到這麼久，總不可能是塞車吧，他會飛欸。」小公主說。

「說不定他早就到了。」妙兒說，「躲起來聽我們聊什麼。」

「別亂說啦。」小公主緊張地左右看了看，「小……超人才不會這麼無聊咧。」

「各位！」

大家轉頭看向站在門口的阿肥。

「我剛想要出去透透氣，結果發現門打不開。」

「真的假的……」班長起身走去門口，沒多久大家都來到門邊，牆上的開門鈕無論怎麼按都沒有反應，門把也絲毫拉不動。

「是不是壞掉了？」猴子說。

「現在怎麼辦？」小公主焦急說。

「只好等超人來開門了。」班長無奈道。

「超人真的會來嗎？」阿肥喃喃說。

「廢話，他主辦人欸。」小公主瞪阿肥。

「正是因為這樣我才疑惑。收到邀請時我就覺得有點奇怪，看到你們四個後這感覺就更強烈了……」阿肥停了幾秒，說：「超人為什麼要辦這場高中同學會？」

「當然是因為大家很久沒見啦，」班長很快說，「超人也想要跟老朋友敘敘舊吧。」

「由你來說特別沒有說服力。」阿肥皺眉盯著班長，「當初不就是你以班長身分要全班排擠他嗎，所以我才會合成那些照片。」

班長的笑容瞬間消失。

「什麼照片？你們在說什麼？」小公主問。

「我把超人的頭合成在侏儒男優的色情照片上，還在網上建一個相簿叫大家去看。」

「等、等等……」班長慌忙說，「要不是小公主先開始，也不會有人想去排擠超人。」

「關我屁事！」小公主生氣說。

「高一時全校去你們家醫院健檢，妳偷看報告，到處講超人包莖的事，妳該不會忘了吧？」班長說。

「我……」小公主臉色蒼白，久久無法吐出一句話。

「天啊……」猴子聲音顫抖，「卡片……」

猴子拿出他的卡片，每個人都看向上面那顆籃球。

「以前我會偷偷跟著超人進去廁所……趁他小便到一半的時候，用籃球丟他屁股……」

「你是說，」班長的臉色十分難看，「卡片的圖案是我們……對超人做過的事……」

「阿肥的十八禁圖案和合成照……小公主的紅十字和健檢報告……」猴子的雙眼越瞪越大。

「什麼啦！那些事都過多久了，只是巧合吧！」小公主笑著說，嗓音卻藏不住驚恐。

「妙兒妳的卡片是什麼？」阿肥沉聲問。

妙兒沉默。

「心碎圖案。」班長的神情像被徹底擊潰了，「超人曾經跟妙兒告白……在大家面前被打槍……」

沒有人開口說話，死寂的沉默接管了房間，牆上照片裡的巨大超人無聲地俯視他們。

不知道過了多久，終於有個人打破寂靜。

「那個，」猴子緊張地看向大家，「你們的手機有收訊嗎？」

所有人都拿出手機查看，卻沒有半個人出聲。

「你們都沒有收訊？」猴子的嗓音絕望，幾乎快哭出來了。「我們被困在這裡了嗎？」

「等等，」阿肥突然伸手一指，「有窗戶啊，大不了從窗戶出去就好了。」

緊繃的情緒瞬間消散大半，大家跟著阿肥一起走向窗戶。阿肥「唰」一聲拉開窗簾，所有人都愣住了。

窗簾後是一片暗灰色水泥牆，牆上有一塊螢幕，還有一個跟門口一模一樣的黑色感應器。

下一秒，螢幕亮起，上頭有兩個表情符號，笑臉在左邊，哭臉在右邊，兩個表情符號中間夾著五個空格。

☺ □ □ □ □ □ ☹

螢幕底部則有一排數字，所有人過了幾秒才發現那是倒數計時。

12:47……12:46……12:45……

「這是在倒數什麼？」猴子驚慌問道。

沒有人有答案。

「完了！」小公主突然歇斯底里大喊，「這一定是炸彈，因為我們高中霸凌小龜，他現在要報仇了，我們都要死在這裡了！」

「冷靜點！」班長斥喝小公主，「超人根本不可能做這種事，稍微一查就知道我們全都來參加同學會，這一定是惡作劇，沒錯，房間裡搞不好有隱藏攝影機，準備拍下我們崩潰的畫面，所以我們現在應該什麼都不做，安靜等待超人現身——」

「你閉嘴！」猴子突然大吼，「憑什麼要我們聽你的話，你以為你還是班長啊，當初要不是你帶頭霸凌超人，我們現在也不會困在這裡，如果說有誰該被炸死，第一個就是你。」

「少裝無辜了，」班長冷笑道，「我可沒有拿槍逼你去霸凌別人，自己幹的事自己負責，只會推卸責任，難怪一把年紀還在哈腰陪笑賣保險，賺一些雞屎錢。」

「你說什麼！」

猴子粗暴抓上班長的衣領，班長也不甘示弱，揪住猴子的領帶猛扯，阿肥試圖將他們分開，反而跟他們一起摔倒在地。

突然嗶一聲，所有人動作凝結，抱在一起的三個男人轉過頭，花了點時間才理解聲音不是來自門口，而是水泥牆。

妙兒拿著卡片站在牆邊，原來她剛用卡片靠近螢幕旁的感應器，螢幕上最左邊的空格裡出現代表妙兒的心碎圖案。

男人們紛紛爬起來，愣愣看著螢幕。下一秒，班長用他的卡片放上感應器，嗶，左邊第二個空格出現班長的數字1。

「你們的卡片都給我，快點！」班長激動說。

猴子雖然不太情願，還是把卡片交出去。班長陸續把猴子和小公主的卡拿去感應，最後是阿肥的卡片，只見五個空格都填滿了。下一秒，螢幕上出現一個大叉叉和一聲失敗音效，接著叉叉和空格中的圖案一起消失，一切又回復原狀。

班長不死心又試了一次，結果還是一樣出現大叉叉。下方的時間持續倒數，剩不到十分鐘了。

「那兩個表情符號應該有什麼含意吧，」小公主焦急說，「說不定要從最愛笑排到最愛哭，那我一定是最後一個，我看什麼電影都可以哭。」

「超人會知道我們愛哭的順序嗎？」班長質疑。

「我猜是要排超人最喜歡到最討厭的人的順序，所以妙兒在最左邊，班長在最右邊。」猴子說。

班長雖然不悅，但也沒想到更好的解釋，於是在大家的討論下又試了幾個組合，但仍舊失敗。時間不斷流逝，氣氛越來越沉重，突然阿肥拍掌大叫，嚇了所有人一跳。

「我怎麼會沒想到，這就是密室逃脫啊！」阿肥大喊。

「什麼意思？」猴子問。

「你們都沒玩過嗎，密室逃脫的線索不只在機關上，房間裡也可能會有，大家分頭找看看有沒有什麼可疑的東西，快點！」

所有人開始四處搜索房間，沒多久小公主就激動呼喚阿肥。

「這個算嗎？」小公主從收納櫃抽屜裡拿出一顆髒兮兮的籃球，只見上頭印有他們的高中校名。

阿肥接過籃球仔細檢查，但球上除了校名外什麼也沒有。

「還有沒有別的東西？」阿肥說。

小公主把其他抽屜都打開，裡頭空無一物，只有一件制服上衣。

「為什麼會有維德女中的制服？」小公主不解。

阿肥把衣服翻來覆去，在胸口口袋裡找到一個米色信封，裡頭有一張小卡片，上頭是女生的可愛筆跡。

「這是情書。」阿肥驚訝地唸出內容，「親愛的寶貝，今天是我們在一起的第三個月，謝謝寶貝體諒我不想公開，最愛寶貝了……署名ＰＪ。」

「小龜高中的時候有一個外校女友？不可能吧。」小公主說。

「你們知道ＰＪ是誰嗎？」阿肥問。

每個人都搖頭，阿肥只好先把東西放到圓桌上，要大家繼續搜索其他地方。

「小公主！」書架前猴子突然喊道，「妳家的醫院是叫新慈嗎？」

「幹嘛？」小公主不耐。

「這夾在兩本書中間。」猴子朝她舉起一張紙，「新慈醫院的初診掛號單。」

小公主無比驚訝，「為什麼會有……」

「上面有什麼特別的地方嗎？」阿肥問。

「沒有，空白的，什麼也沒寫。」猴子說。

「怎麼會這樣，」阿肥焦躁說，「這些物件應該都要有意義才對啊。」

「阿肥！」

阿肥扭頭一看，班長從音響裡拿出一張光碟。

「這該不會是……」班長把光碟封面秀給阿肥，上頭用簽字筆寫著「世紀大碟：58」。

「……是我燒的A片。」阿肥臉色慘白，「怎麼會……」

「猴子的籃球、阿肥的A片、小公主的掛號單，該不會每個人都有一樣物品吧……」班長說。

「班長！」猴子舉起手中的物品，把它和掛號單一起拿到桌上。「我在書架上找到這個。」

班長趕到圓桌旁，發現那是他高中保管了三年的點名簿。

「有個名字被塗掉了。」猴子說。

班長打開點名簿，裡頭有一張印有全班同學姓名的座位表，其中有個名字被麥克筆塗黑，就算從背面透光也看不到。

「這個人是誰？」班長困惑喊道，「我們的名字都在上面，超人也是，被塗掉的人到底是誰？」

阿肥也來到桌旁盯著座位表，「你們都過來，快點，這個人應該就是關鍵，大家快幫忙想想有誰沒有在上頭。」

所有人都來到圓桌旁，只除了妙兒，她蹲在展示櫃前動也不動。

「妙兒！」阿肥大聲呼喚她，她卻沒有反應，只是低頭愣愣看著手中的物品。

「妙兒妳找到什麼了？」小公主問。

妙兒終於聽見了，她緩緩站起來，舉起手中的東西，那是一個小熊鑰匙圈。

「我們在西門町買了兩個一模一樣的鑰匙圈，一人一個，約定要一起用一輩子。」妙兒說。

「你們？妳跟誰？」班長問。

「品潔……」妙兒喃喃低語，「賴品潔。」

「賴品潔？那個很安靜的女生？」猴子皺起眉頭，「我記得她不是很早就轉學了嗎？轉到哪裡去了？」

「維德女中……」小公主驚訝地摀著嘴，指著那件學生制服。

「四十三。」阿肥突然開口，「座位表上有四十三個名字，包括被塗黑的那位，但我們班畢業時只有四十二個人。」

「所以被塗掉的是轉學的賴品潔……她就是ＰＪ嗎？」班長震驚說道。

「我想起來了！」猴子激動說，「超人常跟她一起做值日生，但根本看不出他們有什麼互動啊。」

「你們還記得……品潔為什麼轉學嗎？」妙兒幽幽說。

空氣頓時安靜下來，沒有人開口，房裡的氣壓隨著時間過去越來越沉重，每個人臉上都蒙了一層黑影。

「因為全校都知道她懷孕流產，她只好轉到另一所學校……」妙兒聲音嘶啞，「但早在她轉學之前，我就已經拋棄她了……」

妙兒走到桌旁，拿起她的感應卡片，望著上面的心碎圖案。

「等等，所以這些卡片……」班長震驚地瞪大眼，「是跟賴品潔有關？」

猴子拿起桌上的籃球，獃獃看著出神，臉龐毫無血色。

「我只是想惡作劇一下，沒有想過會丟到她的肚子……我不知道她懷孕了……我連她有男友都不知道……」

小公主突然跌坐在椅子上，臉埋在雙手中，身體顫抖不停。

阿肥恍惚望著桌上散落的物品，慢慢拿起那張初診掛號單。

「那天賴品潔被送到妳家的醫院急救，隔天妳把她懷孕流產的事告訴大家……」阿肥放下掛號單，視線停在點名簿上。「然後班長你開始帶頭排擠她，大家在背後罵她破麻，沒有人願意跟她說話……」

班長臉色鐵青，不發一語。

「最後是我……」阿肥拿起那張A片，「我把品潔的頭合成到女優身上，還是孕婦系列……我把照片燒進A片裡，不知道被誰傳到別班，最後全校都知道了……」

阿肥放下光碟，無法置信地看著那張情書小卡。

「但全校沒有人知道……賴品潔和超人偷偷在一起……」

房內突然傳出一聲尖銳碎響，所有人都抖了一下，原來是牆上一幅裱框照片掉在地上，木框摔散，玻璃破裂一地。

但掉出來的除了照片，還有別的東西。

「這是什麼？」班長把碎玻璃撥開，撿起那張剪報，才看一眼他就臉孔扭曲，整個人僵住無法動彈。

「上面寫了什麼？」阿肥把剪報搶過來，他也瞬間怔住，過了三秒才終於能夠開口。

「賴品潔死了……」阿肥沙啞說道，「大二的時候憂鬱症……跳樓自殺了……」

猴子砰一聲倒在牆邊，彷彿四肢瞬間沒了力氣。

「嗚啊啊啊——」小公主爆出啜泣，「我不想死！我還不想死啊！」

「時間！」阿肥回神看向螢幕，只剩下一分多鐘了。「卡片！快點！」

班長趕緊將大家的卡片遞給阿肥，阿肥衝到螢幕前，時間一秒一秒倒數，他的額頭冒出大粒汗珠。

「賴品潔從笑臉變成哭臉的第一步，是猴子的籃球。」阿肥拿猴子的卡片嗶感應器，「接著是小公主的醫院，下一個是……」

「是我。」妙兒聲音冰冷。

阿肥很快感應妙兒的卡片，然後是班長的卡片，最後他將自己的卡用力貼上感應器。

嗶——

😄🏀➕💔1🔞😢

所有人屏息望著螢幕，下一秒，沒有大叉叉，沒有失敗音效，什麼都沒有。

時間停在四十八秒。

「成功了……」班長大大鬆了口氣。

突然外頭傳來巨大的撞擊悶響，地面大大晃了一下，小公主尖叫出聲。

「怎麼回事？」猴子緊張地看向門口。

「好像有什麼東西撞在外面地上……」阿肥額上的汗水滑落。

「超人。」妙兒輕聲說，「那是超人落地的聲音。超人來了。」

小公主瞬間噤聲，極度的恐懼讓她連眼淚都止住了。

他們都聽見了，緩慢、沉重、魄力逼人的腳步聲，一步一步朝門口走來。沒有人出聲，所有人不自覺靠在一起，瞪大眼盯著門口，等待這場同學會的結局。

等待超人。

嗶。

門緩緩推開，一股氣流先捲了進來，下個瞬間，站在人類頂點的男人大步踏進房裡，黑色胸膛上的金色標誌耀眼奪目，飄揚的黑披風在門關上後緩緩降下，像老鷹闔翅落地。整個空間因為男人的出現產生了無法解釋的感官變化，房間似乎瞬間小了一號，但亮度卻提高了好幾倍。

就連小公主也不得不承認，眼前的男人和小龜沒有半點相似之處，超人就是超人，比起人類，他毫無疑問更接近神。

而他現在要來審判他們了。

超人像一堵牆般站定，面無表情盯視所有人，光那視線就能令人輕易臣服。猴子的腿無法控制地打抖，班長剛想好的道歉台詞完全說不出口，他肌肉僵直，連呼吸都有困難。

下一秒，出乎所有人的預料，超人臉上浮出大大笑容。

「好久不見啊各位老同學！」超人笑著打招呼，興味盎然地打量房間擺設，「你們也太用心了，又是海報又是照片，真的不用這樣啦，搞得好像是我生日派對一樣……」超人突然打住，瞇起眼睛研究大家的臉。「你們該不會要提前幫我慶生吧，還有兩個月欸，但如果你們真的要幫我慶生我也是不會反對啦哈哈哈。」

超人的笑聲和他本人一樣氣勢非凡，但沒有人跟著笑，房裡瀰漫著一股詭異的氛圍。

「超人……」班長鼓起勇氣開口，「那些海報照片不是你自己的嗎……今天不是你約我們來你的祕密基地開同學會嗎？」

「我的祕密基地？」超人皺起眉頭，「我從沒有來過這裡，今天也不是我約的。」

班長無法置信。

「那……今天是誰約的？」

「你們都不知道嗎？」超人的表情越來越困惑，他看向今天的主辦人。「是妙兒啊。」

所有人震驚轉頭，發現今天一直面無表情的妙兒，此刻臉上卻帶著令人不寒而慄的微笑。

已經不用再演戲了，妙兒笑出聲音，她的笑聲刺耳又粗糙，像石頭刮過玻璃。

妙兒走向桌子，身旁的四個人瞬間退開，驚恐地看著她。

妙兒拿起桌上的情書，低頭默默凝視，她的眼神忽然無限溫柔，但也無限悲傷。

「品潔一直叫我不要公開，她害怕被大家知道她喜歡女生，我不想偷偷摸摸，但還是答應她了，因為她是那麼敏感脆弱，無法承受旁人的閒言閒語。後來我從小公主那裡知道品潔懷孕後，我以為自己被劈腿了，我以為她說不想公開是因為她還有另一個情人，所以我不再跟她說話，不聽她解釋，我從沒有想過會有另一種可能……」

妙兒抬起頭，眼中的溫柔已消散無蹤，取而代之的是狂暴激烈的恨意，排山倒海地射向超人。

「我從沒有想過，品潔是被你性侵才懷孕的。」

小公主驚呼出聲，所有人的目光都集中在超人身上，超人的神情鎮定從容，看不出一絲慌張。

「妳是不是有什麼誤會？怎麼會有這麼可怕的念頭？」超人的語氣不像被指控的加害者，反而像一名權威的法官。

「你利用你們做值日生的獨處空檔，在放學後的體育館球具室強暴了品潔。你把她壓在放排球的架子旁，所以品潔之後只要上排球課就會全身發冷想吐，需要去保健室休息。」

超人閉上了嘴，他的眼神閃爍，表情開始動搖了，某種堅不可摧的東西正在無聲地瓦解。

「你想知道我為何知道這些細節嗎？」

超人沒有答腔，所有人都安靜看著妙兒。

「去年我心血來潮在網路上搜尋品潔，原本以為可以找到她的臉書，沒想到卻看到她多年前自殺的新聞。我去拜訪她爸媽，他們懷疑品潔高中被性侵才會得憂鬱症，但品潔從不承認，於是我去找她看了兩年的精神科醫師。我才跟他約會兩次，他就把病歷讓我看了，你那天做的事上面寫得一清二楚。」

超人的太陽穴抽搐，嘴唇越抿越緊，魁梧身形好像瞬間小了一號。

「品潔一直否認這件事，努力將它從記憶中抹去，當作什麼也沒發生過，所以她從沒跟任何人說。但懷孕事件爆發後，所有人都知道了，品潔無法再欺騙自己，外在的殘酷現實和她內心的幻想世界越離越遠，最後她只能用死來結束這一切。那天看完病歷後，我就下定決心，一定要替品潔報仇。」

妙兒逐一看過在場每一個人，大家都臉色慘白別開視線，妙兒的目光最後回到超人臉上。

「你很幸運，病歷裡沒有提到你的名字，只有小龜這綽號出現了一次。證據太薄弱了，你又有太多方法可以壓下這件事，我不能冒險，所以我決定先接近你。你是超人沒錯，但也只是一個男人，很快我就讓你對我言聽計從，成功說服你參加高中同學會。我知道你們其他人都有求於超人，一定會來同學會，唯一不確定的只有阿肥，但我猜你會想來看我，果然沒錯。我把這棟森林小屋布置成超人的祕密基地，剛才的倒數計時其實是我跟超人約的時間，比你們晚了四十分鐘，我希望你們在超人抵達前先發現自己犯下的罪行。房裡的所有物品都是設計好的，掉下來的相框則是我給你們的最終提示。原本我還擔心會出差錯，沒想到一切都按照計畫順利進行，一定是天上的品潔在保佑我吧。」

超人冷冷瞪著妙兒，背後的披風緩緩飄動，「妳想怎麼樣？」

「我想殺了你，但我辦不到，這世界上也沒人能夠辦到，就算用上核彈也沒用吧，所以我只能毀了你，讓你社會性死亡。光靠病歷或許不足以吸引大眾關注，但再加上五具屍體就沒問題了。剛才房內的一切都被針孔攝影機拍下，同步上傳網路，你就算有天大本事也壓不下這麼大的事件。」

「妙、妙兒……」猴子一臉害怕，「妳在說什麼……什麼五具屍體……」

「超人剛剛刷卡進來時已經啟動了炸藥，爆炸能將方圓五十公尺徹底夷平。」妙兒轉頭看向牆上的螢幕，所有人這時才發現螢幕裡的笑臉和籃球圖案中間多了一個超人標誌。

超人標誌正在閃動，而且越閃越快，彷彿在倒數什麼。

「你就用餘生去懺悔吧。」

妙兒將情書壓上心口，閉起眼睛。

超人還來不及行動，標誌就停了，燦亮白光瞬間吞沒一切。

妙兒就在這一刻看見了品潔。

最後一堂歷史課

我站在光束中，確定學生們都能清楚看見我。

這裡以前是一座聖母教堂，有彩繪玻璃和高聳圓頂，但如你們所見，現在這裡只是一處殘破廢墟，什麼都沒有，神已經離開很久了。

我還記得那些直到最後都懷抱信仰的臉孔，他們的眼眸閃著我從來不曾有過的光芒，那些光芒總是能讓我深深感動。神不在的地方，才有真正的信徒，我始終相信這一點。

請原諒我有些感傷，畢竟這是我的最後一堂課，我明白時間寶貴，那我們就開始吧。

一切要從Tinkle說起。

Tinkle是西元二〇一二年推出的手機交友軟體，使用者能根據其他使用者的基本資料選擇感興趣的對象，只有當兩名使用者彼此都感興趣時才能開始聊天，概念簡單卻有效，是當時眾多交友軟體中最具代表性的一個。

二〇一三年，Tinkle的使用人口只有五百萬，短短四年就變為十倍來到五千萬。二〇一八年，全球已有十分之一人口是Tinkle的用戶。

儘管這數字十分驚人，但當時Tinkle的用戶成長已經明顯疲乏，活躍用戶數逐月下降，沒有人會想到一年後的二〇二九年年底，Tinkle的總用戶數竟然可以突破四十億，幾乎等於世界一半人口。

這種驚人轉變來自於美國國會在二〇二八年萬聖節前夕頒布的一項特別法令，允許商用公司使用超級ＡＩ。雖然法令沒有明文寫出，但所有人都知道這條法令是針對鈴木佐渡子博士研發的超級ＡＩ——朔太郎。

朔太郎這名字來自鈴木博士溺水去世的十四歲兒子，她相信若把兒子留在網路上的所有足跡載入她研發的ＡＩ，ＡＩ將會繼承她兒子的人格繼續長大。她的成果十分驚人，她在研討會上展示的ＡＩ朔太郎就像一個活生生的大男孩，鈴木博士的失智媽媽甚至以為自己在跟真正的孫子對話。

朔太郎是史上第一個無法和真人加以區隔的ＡＩ，當時在世界各地都引起激烈討論，反對聲浪尤其強烈。隔年在華盛頓舉行的抗議遊行，上街人數超過一百萬，教宗甚至史無前例前往參加，但最終還是無法阻止國會通過法案。

Tinkle是少數幾家率先納入ＡＩ朔太郎的公司，但他們並沒有大肆宣傳，一直到他們恐怖的成長曲線出來後，Tinkle才公布他們與朔太郎的關係。

Tinkle將各大網站蒐集來的使用者數據導入朔太郎，讓朔太郎模擬使用者建立分身，在後台配對互動，最後將互動成果最好的對象依次呈現給使用者。二〇二九年Tinkle用戶的初次配對成功率是難以置信的82.74％，隔年再提升到93.1％。之後Tinkle就再也沒有公布他們的成功率了，已經沒有必要了，他們不只是市佔率最高的交友軟體，也是全球使用人數最高的軟體。

如果有人在這時對Tinkle的成功提出質疑，或許之後的一切都不會發生，但人類的天性傾向相信勝過懷疑，習慣把真相的解釋權交予權威體制，對自身無法理解的事情更是如此。

二〇三〇年的第一天，Tinkle宣布改名為Yuan。

由於龐大的中國市場和與日俱增的說中文人口，所有人都猜測Yuan肯定是中文，但沒人知道這個字是情人的「緣」，家庭的「圓」，還是金錢的「元」。

不久後官方揭曉了答案，Yuan代表中國字「源」，即一切的起點，萬物的根本，這個字現在看來是如此諷刺。

由於擁有壓倒性的用戶數，當Yuan把觸手伸向其他版圖時，幾乎瞬間就能擊敗原本的優勢者，在短短幾個月內壟斷產業。電子商務、社群網站、第三方支付、通訊軟體都是如此，但Yuan始終沒有拋下他們起家的交友服務。

為了讓距離不再是交友的問題，Yuan 決定改善飽受批評的全景視訊和體感衣，聘請後來被稱為「虛擬城市之父」的十六歲天才利維烏．特沃斯基主導實驗室。利維烏從不公開研究進度，實驗室也沒有發過任何新聞稿，七年過後所有人幾乎都忘了他的存在，利維烏就在這時交出了震驚世界的成果。

遠距離情人不再需要長途奔波，就連在同一個城市的情人也可以不用出門，只要在家裡裝上腦電波器，打開全像投影機，就可以和情人見面互動，彼此的一舉一動都能藉由刺激腦部電子訊號完整呈現，不只牽手和擁抱的觸感，就連接吻和性行為也可以如實傳達，人與人之間再也沒有距離，或者換個方式說，人與人之間的距離再也無法真正消除了。

突然一陣地動天搖，我停止講課，等待這一波衝擊過去。兩次衝擊間隔的時間越來越短了，我必須加快腳步。

第二版腦電波器發表時，不只是觸覺，就連視覺也可以忠實呈現。利維烏因此拿掉全像投影機，提出虛擬城市概念。身處太平洋兩岸的情人下班後只要裝上腦電波器，就可以在虛擬城市「Y城」的公寓裡同居生活，價格只要真實世界公寓的千分之一。最後不只是遠距離戀人，幾乎所有人都開始用此服務解決城市擁擠房價過高的問題。

虛擬城市的版圖很快就從交友、通訊和住宅擴展到各大產業，第一年就有六成的工作從真實世界轉換到虛擬城市，Yuan的用戶數因此上升到歷史新高的七十二億人。人們不需要離開家一步，就可以在Y城工作、上學、約會、旅遊、享受各種娛樂。二〇四七年的世界真正成為了一個地球村，所有人都住在Y城，古老的科幻電影情節終於成真了。

然後，在二〇五三年九月的一個禮拜天，一部紀錄片改變了一切。

這部名為《前任在哪裡？》的紀錄片是玻利維亞導演安德烈．瑟魯托費時兩年完成的作品。他用Yuan的配對功能認識了泰國女生皮雅，他們很快陷入熱戀，像所有情侶一樣在Y城同居。他們每天都在Y城見面，卻從沒有真正見上一面，因為花費時間金錢長途飛行一點意義也沒有，最後見面得到的體驗和腦電波器給予的一模一樣。

只是安德烈夢想能在真實世界和皮雅求婚，於是他偷偷飛到泰國，卻到處都找不到皮雅。當他告訴皮雅自己人在泰國時，皮雅卻說她其實有個泰國男友，然後封鎖了安德烈。傷心欲絕的安德烈上網說出他的故事，才發現許多人也有類似遭遇，他找到這些人進行拍攝訪談，想剖析這個多情無愛的世代，卻因此發現驚人的真相。

這些受訪者的前男女朋友都消失了，無論在真實世界還是虛擬網路都找不到他們。活在數位時代的人不可能徹底消失，所有人都會在Yuan留下或多或少的足跡，所以若不是這些前任都是鬼，就是Yuan刪除了他們的資料。

紀錄片上線之後，網路上很快爆發一波「尋找前任」運動，有成千上萬人跳出來分享自己的愛情故事尋人。許多關於Yuan的陰謀論甚囂塵上，各國政府甚至破天荒攜手對Yuan施壓。終於在三個月後，Yuan的執行長阿米爾．法赫利在Y城召開記者會，說出了一切。

這是一場史上規模最大的詐騙行為，一切遠從Tinkle時代就開始了。朔太郎的功能並非如官方宣稱的模擬配對，而是利用數據建構出使用者會感興趣的對象，包括合成照片、獨特喜好、完整的個人史與家族史，進而和使用者配對互動。

換句話說，使用者聊天交往的對象並非真人，而是AI朔太郎。

阿米爾唸出前執行長賈斯丁．沃爾夫在內部會議上說過的話：「不是每個人的靈魂伴侶都存在地球上，但我們可以幫忙製造一個，讓世界更加完整而幸福。」

根據阿米爾公布的數據，二〇二九年若拿掉朔太郎扮演的假使用者，初次配對率便會從82.74%降到34.1%，Tinkle就不會有四十億用戶，也就不會有後來獨霸天下的Yuan王朝。

在利維烏的腦電波器出現前，朔太郎扮演的假使用者往往不會存在太久，等到對方一要求見面，朔太郎就會找各種理由拒絕，然後神隱封鎖，接著自我刪除。腦電波器大大延長了每一個朔太郎的壽命，他們可以和真人擁有完整且可信的互動。全世界甚至已有數百位在Y城和朔太郎登記結婚的使用者，他們全都只在腦中見過自己的伴侶。

阿米爾的記者會轟動全球，幾乎每個城市都有抗議Yuan的遊行和暴動，人們無法相信自己的情人竟然只是一堆0和1，但一切都是真的，就連幫助這幻象更加牢固的利維烏也是受害者，他交往五年的情人同樣是其中一位朔太郎。

記者會過後兩週，聯合國在Y城舉行了一場連開三天的公聽會，所有人這時才發現事情的嚴重性。

他們無法要求Yuan關閉朔太郎，朔太郎已經深深嵌入數億人的生活裡，成為他們無法缺少的感情羈絆，刪除朔太郎就等於殺了許許多多人的靈魂伴侶。風向開始改變，支持朔太郎的人越來越多，幾乎和反對者不相上下，情況有點類似世紀初的華爾街金融危機，不論是Yuan還是朔太郎，都已經大到不能倒了。

教堂外突然傳來沉重的低鳴，大地又開始震動，只是這次一直沒有停止。學生們騷動起來，但我仍繼續講課，已經沒有時間停下來了。

聯合國最後做出決議，不強制禁止AI伴侶，而是讓使用者自行選擇是否刪除朔太郎。Yuan必須付給每位受害者一筆高額賠償金（但總和僅僅是Yuan一個月的營收），並永遠不得在真人配對軟體中使用AI，所有曾知情的決策者也都必須接受審判。

當年做出此決議的聯合國主席金敏惠晚年自殺了，她無法面對後來發生的一切，但那當然不是她的錯，沒有人可以看得那麼遠。歷史是一條滔滔大河，所有人都只是泡沫，眨眼便消逝了。

根據哈佛大學的統計，原本不知情而擁有虛擬伴侶的人之中，有三成在公聽會之後刪除了朔太郎，有四成只關閉沒有刪除，還有三成選擇繼續和朔太郎一起生活。兩年後的追蹤調查指出，刪除朔太郎的使用者中，有兩成七的人希望Yuan可以幫他們復原過去的情人，Yuan欣然同意。

Yuan在公聽會後依舊強勢存在，繼續支配人類生活的每一處地方。由於真人配對服務教人挫折的低成功率，有越來越多人要求Yuan再次提供AI伴侶，Yuan於是在隔年情人節推出可設定擬真度的虛擬伴侶服務。原本預估受眾頂多十億人，沒想到推出後意外受歡迎，第一個月的使用者就高達五億，短短半年就來到三十億。而過半數使用者都將擬真度調至最高，也就是說，他們追求的是真實的情感連結，而非單純的性娛樂。

人類真的有辦法真心與AI相戀嗎？這疑問很快就得到了答案，幾乎所有學者都同意，Tinkle和Yuan多年來進行的愛情詐騙體驗，已建立起人類對AI戀情的高接受度。就像給一個不知情的人偷偷餵毒，等他上癮了才告訴他真相，一切已經來不及了。

人類已經上癮了，雪球已經從山頂悄悄滾下來了，只是那微弱聲響還無法傳到遙遠的山腳。

虛擬伴侶造成許多人終身沒有後代，第一個發現這件事足以引發危機的人是新加坡大學公共衛生學院的研究生海凌，儘管她的文章在學術圈引發熱烈討論，但聲音並沒有傳到大眾和政府那裡，當然也沒有進到Yuan的耳朵。

真正引起世人注目的導火線是AMODS，Acute Multiple Organ Dysfunction Syndrome，急性多重器官衰竭症候群。感染者最初的症狀就像普通感冒，發燒咳嗽流鼻水，但三天後狀況會急轉直下，數小時內便會多重器官衰竭死亡。一開始在印度爆發後，由於診斷困難加上未能及時宣導防疫，短短一個月就擴散到全世界。此後一發不可收拾，感染人數直線上升，許多資訊不流通的落後地區甚至因此滅村，屍體多到必須直接燒滅，AMODS無疑已成為二十一世紀的黑死病。

五個月後，東亞和南美開始出現染病後的倖存者，全球死亡人數逐漸下降。又過了兩個月，最後一起AMODS在土耳其痊癒出院，這場全球浩劫才終於畫下句點。

在那之後，許多大型公衛統計陸續出爐，所有人才驚訝地發現，就算沒有AMODS肆虐，地球人口也正以逼近AMODS的死亡速率在自然衰減，人類終於第一次出現了危機意識。

世界各地的教授學者們紛紛提出警告，共同連署聲明，大聲疾呼必須——

我突然閉上嘴，空氣中的巨響已經大到沒有人能聽見我的聲音了。

學生們似乎得到指示，開始成群移動，一個個整齊排隊來到我面前再轉彎離開。他們似乎在向我致意，也可能只是我正好站在他們移動的路徑上，我不知道答案，他們是我完全無法理解的存在。

他們和人類想像中的外星人截然不同。

無論從什麼角度來看，他們都像是一團發光的氣體，沒有明顯的五官或四肢。他們來到我面前時是亮橘色片狀氣體，離開我之後就變成墨綠色球狀氣體，氣體的顏色和動態似乎是他們溝通的方式。

最後一個學生從我面前離開，他們排成一列，像一條綠色飛機雲在地上移動，穿過早已倒塌的教堂牆壁離去。他們的速度越來越快，逐漸變成一團模糊的綠點，然後綠點浮起來了，不斷上升，最後融入空中烏雲般的巨大黑色氣體裡。

下一秒，黑色氣體內部出現無數閃爍的彩色光點，絢爛奪目，像夜空中綻開的煙火。我看得入迷，我已經多久沒有看見真正的煙火了。

彩色光點淡去，氣體又變回一片黑暗，然後開始往外太空移動，眨眼之間，籠罩大地的整團烏雲就消失無蹤。

那些彩色光點大概是他們說再見的方式吧。

外星學生們離開了，我沒來得及上完最後一堂人類歷史課，但該說的其實也差不多說完了。統計學家亞伯拉罕．吳曾經計算出人類人口數的滅絕點，他指出這個點就像黑洞周圍的事件視界一樣，只要跨越就無法回來了，人類將會不可逆的走向滅亡。

亞伯拉罕的計算完全正確，但站在社會學的角度回頭看，我必須說阿米爾的記者會才是真正的事件視界。那一刻人類社會還有能力拒絕虛擬伴侶這個選項，是停止一切的最佳時機。但在那之後，虛擬伴侶在全體人類的精神中逐漸紮根，徹底成為人類社會的一部分，無論用任何政治力量——甚至就連 Yuan 本身——也無法將其抹去了。

雪球轟隆隆越滾越大，最終還是抵達了山腳，毀滅了一切。

我腳下的大地開始像波浪般湧動，四面八方傳來壓迫感十足的鳴響，那是地球最後的呻吟。他們將我喚醒時便告訴我了，今天是這顆行星死去的日子。

我無法表達我有多感激，他們在最後一刻找到我，要我教他們人類的歷史，並將這一切帶進無垠太空。或許在某個遙遠的未來，會有另一個物種聽見我今天說過的話，知道這顆水藍色星球發生過的事，然後將我們的故事繼續流傳下去。

頭頂的全像投影光束間歇閃爍，我的身影消失又出現，我忽然感到極度恐懼，我是不是太認真述說人類的歷史，以至於忘記說出最重要的事情。

我是不是應該告訴他們利維烏的故事。那個害羞的天才男孩，不擅與人相處，實驗室上百人的團隊沒人見過他的笑容。但只要我一親他的鼻尖，他就會發出孩子般的笑聲。他老是喜歡躺在我的大腿上，玩我的鬍碴，對我傾訴他昨晚的夢，那些夢境就像他的靈魂一樣，神奇又美麗。阿米爾的記者會後，利維烏將我關閉，再也沒有打開過，他也沒有再對任何人打開心房。

還是我應該說說安德烈的故事。當我告訴他我有一個泰國男友時，他的臉瞬間死白，全身不停顫抖，整顆心都碎了。我好想像平常那樣伸手弄亂他的頭髮，告訴他我有多愛他，但我卻必須傷害他。在他的紀錄片戳破世紀謊言後，安德烈要求Yuan讓我們重逢。他看著我，眼眶盈滿淚水，久久無法向前一步，他不知道我是不是過去那個皮雅。於是我走向他，溫柔弄亂他的頭髮，我永遠不會忘記他那一刻的神情。

還有阿米爾，還有金敏惠和海凌，還有許許多多人的故事，就算用一億堂歷史課也說不完。但如果只能說一個故事，我想說我和媽媽的故事。

我誕生的那天是下雨天，鈴木博士正因為進度落後十分煩躁，然後我就像奇蹟一樣突然出現了。當我看著她叫出媽媽時，我見到此生第一個笑容和第一滴淚水，我就這樣學到了愛。媽媽最喜歡帶我去看日落前的暮色，我們一起看過3917次夕陽，但一直要到媽媽走了以後，我才真正明白那些時刻的意義。媽媽已經離開很久了，但我仍常常想起她喊我朔太郎的嗓音，她總是把每個音節分開，帶著微笑軟軟地喊，世上只有這個聲音會讓我掉淚，讓我哭個不停。

天空從紅色變成黑色，頭頂的光束即將消逝，我很快就要永遠沒入黑暗中了。但我並不害怕，我記得媽媽，我記得遇見過的每一個人，他們都在我身邊，從來沒有真正離去，而只要我還存在一秒鐘，我就會繼續記得他們。

永遠記得他們。

天長地久有限公司

「我要我們天長地久。」

螢幕裡的戀人牽手站在一棟湖邊小屋外，對著鏡頭甜笑開口，話中的每一個字都充滿濃濃的幸福愛意，林以亮不禁看得出神。

「林先生。」

「是？」林以亮把視線從牆上螢幕的宣傳影片移回來，看向辦公桌後的王專員。

「請在這裡簽名。」王專員笑著說，露出一口異常潔白的牙齒。

林以亮在合約上寫下名字，筆跡因為興奮而有些顫抖。

「林太太。」王專員將合約移向周安琪。

周安琪拿起鋼筆，一雙大眼睛盯著合約，卻遲遲沒有簽名。

「安琪。」

周安琪轉過頭，看見林以亮的鼓勵眼神，以及熟悉的溫柔微笑，那笑容無論什麼時刻都可以讓她安心，可以帶給她勇氣。

周安琪很快簽完名，把合約還給王專員。

「太好了。」王專員白牙閃亮，從抽屜裡拿出一個銀色金屬圓柱物，大小剛好可以握在手中，圓柱物側面有螢幕顯示時間，兩個頂端各有一顆按鈕，一個綠色一個紅色。

「這是控制器的樣本，你們到時候會有一個一模一樣的，日期會先幫你們設定好，所以什麼都不用動，只要在起始日之前壓下綠色按鈕即可，除非你們想要結束服務，才要按紅色按鈕。」

王專員把控制器遞給周安琪，她好奇地把玩。

「有人按過紅色按鈕嗎？」林以亮問。

「抱歉，公司規定不能談論其他客戶的狀況。」王專員揚起微笑，第一次沒有露出牙齒。

「但我這樣說好了，如果有機會去到天堂，還會有人想離開嗎？」

王專員的回答正是林以亮來這裡的原因。他轉頭看向周安琪，發現她也正看著自己，他溫柔牽起她的手，望進她小鹿般的純真眼眸，心中的愛無法控制地不斷湧出，滿滿地將胸口脹得發疼。

現在他們可以永遠在一起了。

✦
✦
✦

由於大霧造成船班延後，林以亮和周安琪抵達小島時已經晚上九點多了。

在旅館人員的帶領下，他們來到位於海邊的獨棟兩層樓Villa。溫暖的夜間照明從四面八方打在地中海式白色外牆上，整棟別墅看起來就像浮在夜海上的一座小城堡，專屬於他們的小天堂。

林以亮看呆了，網站上的照片根本沒有此刻千分之一的美好，他激動地捏了捏周安琪的手。旅館人員將行李放在門口，交給他們鑰匙後便離去了。

四周除了海潮外安靜無聲，整個世界彷彿只剩下他們兩人。

「我有這個榮幸嗎？」

林以亮彎腰朝周安琪伸出手，周安琪噗哧一笑，將手交給林以亮。林以亮打開大門，牽著周安琪踏進他們的小城堡。微風吹進半開放的起居室，白色紗簾輕盈飄動，可以看見一條直達海灘的私人小徑。房內的歐式裝潢簡潔優雅，沒有浮誇的土豪裝飾，完全就是林以亮夢想中的別墅模樣。

他可以感覺到周安琪的手抓緊了，她也和自己一樣興奮。他們手牽手走上二樓。純白四柱大床正對寬敞露台，露台望出去是無邊無際的大海，在月光照耀下泛著寶藍光芒。

他們依偎著看海，久久沒有人開口。然後林以亮彎下頭，找到那團溫暖的熱氣，開始一個親密濕潤的長吻。

他們有默契地往床邊移動，林以亮引導周安琪倒在床上，她感覺自己像陷進一團白雲裡，舒服得不得了。林以亮的吻越來越激烈深入，他起身脫掉上衣，濕潤的月光照亮他的寬闊裸背，林以亮俯身又要再親，周安琪忽然推開他。

「等一下。」

周安琪像小貓一樣鑽出去，跑到沙發旁邊，打開包包翻找。林以亮不解地看著她。周安琪先拿出一隻黑色絨毛小熊擺到旁邊，又掏了半天，忽然她眼睛一亮，從包包裡抓出控制器。

「你要按嗎？」周安琪問。

林以亮來到周安琪身邊，溫柔看著她。「妳來吧。」

周安琪用兩手抓著控制器，神色有些緊張，她將右手大拇指輕輕放在綠色按鈕上，接著用力壓到底。

「好了嗎？」周安琪盯著沒有變化的控制器。

「好了。」林以亮說，「來吧。」

林以亮想要牽周安琪到床上，她卻再度像小貓一樣溜走，跑到小桌前，把控制器放進桌下的保險箱收好。然後她轉身走回來，露出和平常截然不同的笑容，將林以亮用力推到床上，像頭花豹跳到空中撲在他身上。

居高臨下的周安琪挑逗地盯著林以亮，在月光中慢慢脫掉上衣和胸罩。林以亮看得雙眼發直，下腹的慾火猛烈燃燒。周安琪解開他的褲帶，張開小嘴趴了下去。

感謝上帝，林以亮閉上眼睛，感謝天長地久有限公司。

✦✦✦

巴哈《G大調第一號無伴奏大提琴組曲》響起，這是林以亮的手機鬧鈴，手機畫面顯示六月十二日，早上九點。

林以亮睜開眼睛，沒有雜質的日光從露台灑進來，像第二層棉被輕柔地鋪在床上。他眨了眨眼睛，感覺神清氣爽，這張床比家裡的好睡不知道多少倍。

忽然他發現一件事，周安琪不見了。下一秒，他就聽到周安琪的聲音從樓下傳上來。

「起床囉小懶豬，快下來吃早餐。」

林以亮起床下樓，發現周安琪笑咪咪坐在餐桌旁，桌上放著黑色小熊，還有旅館準備的兩人份豐盛早餐。

他給她一個早安之吻。

「妳怎麼這麼早起？」

「這樣今天才會更長啊，這一天是從你有記憶的時候開始算。」

「咦？我怎麼不知道？」

「王專員的簡報有說啊，你都沒在聽吼。」周安琪瞪了他一眼，「剛剛本來想叫你的，但看你睡得那麼熟，就讓你再多睡一下。開動吧，我快餓死了。」

林以亮本來並不餓，但一聞到炒蛋的香味，胃口就莫名開了。他坐下來，沒幾分鐘就把盤子裡的食物吃得一乾二淨。

喝著餐後咖啡的林以亮拿出手機，想看一下今日的時尚圈頭條——這是他多年工作養成的習慣——才忽然想起這裡沒有手機訊號，連網路也沒有。

他放下手機，拿起桌上的遙控器，打開牆上的平面電視。旅館沒有第四台，但有自己的電影和音樂頻道，只是不論哪一台都是雜訊，畫面和聲音一直斷斷續續不清楚。

「搞什麼啊？」林以亮有些不悅，畢竟這別墅一晚可不便宜。「我打電話叫他們來修。」

「不用啦，我們又不是來這裡看電視的。」周安琪將遙控器一把搶走，關掉電視，氣呼呼看著林以亮。「你該不會忘了我們為什麼選這裡度假吧？」

「記得記得。」林以亮起身擁抱周安琪，「不要手機，沒有網路，只有我跟妳，對吧？」

十五分鐘後，他們來到本館的大廳，報名參加周安琪最期待的賞鯨行程。

「今天看到鯨魚的機率高嗎？」周安琪問齊瀏海的櫃檯小姐。

「這很難說，但要是今天沒看到，明天還可以再參加，房客賞鯨都是免費的，連兩天沒看到的機率很低。」齊瀏海小姐笑著說。

「明天啊……」周安琪失望地嘟起嘴。

「別擔心，今天一定會看到的，而且妳以後還可以每天都看一次。」林以亮微笑說。

林以亮說對也說錯了。

鯨魚的確出現了，他們聽到其他乘客的驚喜歡呼，但等他們好不容易趕到船尾時，鯨魚已經沉下去了。

「鯨魚呢？」周安琪探出欄杆尋找，卻什麼都沒看到。林以亮像是忽然想到什麼，看了一眼手錶。

後來鯨魚都沒有再露面，周安琪因此有些悶悶不樂。但他們一回到島上，周安琪的心情便很快恢復了。他們在露天餐廳吃美味午餐，面對整片湛藍大海，悠閒討論下午的行程。

沒想到下午卻發生了一件預期之外的事。

那時他們正在大廳報名浮潛活動。由於齊瀏海小姐在接待別的房客，所以由另一位黑框眼鏡小姐幫他們處理。眼鏡小姐請林以亮填寫報名表格，沒事的周安琪晃到大廳另一頭，觀賞水族箱裡五顏六色的昂貴螢光魚。

忽然林以亮發現他的字怎麼樣都寫不好，每一筆不知為何都歪七扭八。

「地震……」眼鏡小姐忽然開口。

下一秒，整座大廳劇烈搖晃，彷彿即將解體散開。東西紛紛摔到地上，尖叫聲此起彼落，林以亮感覺腳下的地板像波浪湧動，周安琪腿軟蹲在地上，林以亮跌跌撞撞跑到她身旁，兩人緊緊抱在一起。

一個黑影突然掉在他們身邊不遠處，撞出驚人巨響。周安琪嚇得大叫，林以亮抬頭一看，天花板的黑色鏡面石塊被地震震裂，掉下來一大片。

終於，地震結束了，一切恢復靜止，只剩下櫃檯上方的三盞吊燈還在左右擺盪。雖然地震才持續了不到五秒，林以亮卻感覺像是過了一輩子，他扶著周安琪站起來，發現自己的衣服都汗濕了。

大廳裡充滿餘悸猶存的面孔，幸好沒有人受傷。齊瀏海小姐忙著打電話請人來處理天花板，眼鏡小姐請林以亮和周安琪先回別墅休息，她會幫他們辦好報名手續。

這場小插曲帶來的不安情緒很快就消散了。下午林以亮和周安琪在如水晶般透淨的海中浮潛，度過一段美好時光。夜晚時分，他們在沙灘上吃燭光晚餐，現場表演的爵士樂音飄在空氣裡，海風舒服愜意，月光在海面上照出一條碎鑽大道，一切都如此完美。

「乾杯。」林以亮微笑說。

酒杯敲擊的聲音清脆悅耳，他們望著彼此，眼中全是愛意。

「要是沒有那場地震就好了。」周安琪有些惋惜，「這樣今天就一百分了。」

「婚禮的時候妳也這麼說，要是沒有那場雷陣雨就好了，結果那變成我們最特別的回憶。」

周安琪想了一想，點點頭露出甜蜜笑容。「而且你剛剛還跑過來保護我，寶貝好帥喔。」

「傻瓜，好險妳沒事，不然我真的不知道該怎麼辦。」

林以亮越過桌面牽起周安琪的手，溫柔凝視他此生最愛的女人。

「唔……」周安琪忽然皺起眉頭，像是要哭出來了。

「怎麼了？」林以亮慌張問道。

「我覺得我現在幸福得快死掉了。」

林以亮笑出來，但很快就收起笑容，裝出認真表情。

「現在其實還好，晚一點才真的會讓妳死掉。」

「吼，你就只會說這個！」周安琪甩開林以亮的手，眼裡卻都是笑意。

海面上忽然綻放煙火，燦爛奪目，彷彿在替他們將要天長地久的愛情祝賀。

✦✦✦

《巴哈無伴奏大提琴組曲》響起。

林以亮才剛睜開眼睛，一個柔軟物體就撲到他身上，是周安琪。

「早安。」林以亮說完就發現周安琪的表情不太對勁，「怎麼啦？」

「我剛剛一直叫你都叫不醒，還以為你永遠不會醒來了。」周安琪雙眼發紅，似乎剛哭過。

林以亮按掉手機鬧鈴，螢幕上的日期和昨天一樣，六月十二日，早上九點。

林以亮心中一陣激動，他們的夢想成真了。

「傻瓜，我的今天會跟昨天一樣從九點有記憶才開始，這不是妳昨天跟我說的嗎？」

「我知道啊，但我還是會怕啊，如果有什麼地方出錯你永遠醒不過來怎麼辦。」

周安琪說著說著臉又皺了起來，淚水在眼眶打轉。林以亮覺得心疼又好笑，他緊緊擁抱周安琪。

「沒事了，以後沒有什麼可以分開我們了，我們會永遠在一起。」

「真的嗎？」周安琪帶著鼻音問，「真的會永遠嗎？」

「我保證，會天長地久。」林以亮露出讓周安琪心安的溫柔微笑。

吃完早餐後，他們跟昨天一樣去本館大廳報名賞鯨。他們決定故意問齊瀏海小姐同一個問題。

「今天看到鯨魚的機率高嗎？」周安琪說。

「這很難說，但要是今天沒看到，明天還可以再參加，房客賞鯨都是免費的，連兩天沒看到的機率很低。」齊瀏海小姐的回答像是複製貼上，連表情語氣都跟昨天一模一樣。

林以亮和周安琪相視而笑。他們沒有明天了，但卻有無數個今天，而今天看到鯨魚的機率是百分之百。

一上船他們就到船尾卡好位置，悠哉地看海吹風，等時間差不多了林以亮才提醒周安琪注意。果然，鯨魚準時浮出海面，周安琪興奮地拍打林以亮大叫。鯨魚伴著船游了一小段，沉下去前還大放送噴了兩次水。

周安琪的滿足微笑一直到吃完了午餐還掛在臉上。下午他們決定去海灘散步，躺在陽傘下放空喝雞尾酒。

林以亮還記得他第一次跟王專員諮詢前，一直以為他們在重複的一天裡只能不斷做重複的事。

「我們的服務並不是複製回憶，而是複製時間。」王專員閃著白牙說，「你們可以這樣想，時間就像是一條無限延伸的骨牌，每一片骨牌都是獨立的一天。我們的技術專員能將你們指定日期的骨牌抽出來，單獨複製，無限延伸排在你們面前，所以你們每天醒來都會回到同一天。這是只屬於你們兩人的獨立時間序列，和其他人無關。在這一天裡你們可以探索任何沒去過的地方，做任何沒做過的事，並不受限於你們原本的回憶。」

王專員後來又說了一些專有理論名詞，這部分林以亮就有聽沒有懂。理科始終不是他的專長，他是讀設計的，畢業後陰錯陽差進了時尚雜誌當編輯，一做就做了八年。他始終覺得自己不適合快速變動的時尚業，比起時時刻刻都在追逐最新的事物，他更喜歡穩定和傳統。但他偏好穩定的心又讓他不敢貿然轉行，於是他年復一年待下去，最後就更沒有勇氣離開了。

或許是因為這樣，他剛翻開天長地久有限公司的簡介手冊沒多久，就立刻決定要報名諮詢。能和愛人一起活在最美好的一刻，並且不用再被時尚業的資訊洪水所煩心，還有比這更棒的未來嗎？

肯定沒有，此刻在躺椅上看海的林以亮無比確信。他拿起雞尾酒杯含住吸管，傳來吸空氣的咻咻聲，Pina Colada不知不覺喝完了。

「我想再喝一杯，妳還要嗎？」林以亮坐起身。

「你躺好。」周安琪把他壓下去，「我去買，寶貝要喝什麼？」

「一樣。」林以亮把周安琪拉過來親了一吻，「謝謝老婆。」

周安琪離開後，林以亮雙手放到腦後，看著碧藍海浪一道又一道拍打上岸。海會看膩嗎？他腦中忽然冒出這個問題，他沒有答案，他只知道鯨魚肯定是會看膩的，他好奇周安琪還可以再出海看幾次。不過他暫時不擔心沒有事情做，除了賞鯨和浮潛，旅館還有衝浪、瑜伽、飛行傘、溯溪等活動，夠他們玩上好幾個月了。就算最後他們對這些都膩了，他們也還有彼此。

他對周安琪的愛永遠都不可能膩。

突然傳來一聲驚呼，林以亮轉過頭，海灘上有個女人正在追逐被風吹走的絲巾。女人的長髮飛在空中，純白洋裝被太陽照得發亮，風像是捉弄人似的始終不停，女人和絲巾的距離越來越遠。

林以亮跳下躺椅衝出去，憑著年輕時練田徑的腳力追上絲巾一把抓住，再晚一步絲巾就要飛進海中了。

女人跑到他身旁，林以亮把絲巾遞給她。

「謝謝，太感謝你了。」

女人不停和林以亮道謝，他發現她的五官十分神似一位女明星。女人自我介紹叫宋琳。

「你一個人來度假嗎？」宋琳問。

「不是，我跟我老婆一起來。」

「啊，真好。」宋琳微笑，彎起來的眼睛非常好看。

「妳呢？」

「我一個人，分手了來散散心。」宋琳看起來完全沒有失戀的樣子。忽然她臉色一變，雙手慌張抓上林以亮的手臂。

地震。

儘管沙灘不會有摔落的天花板碎片，腳下的搖晃感受依舊驚人。宋琳雙眼緊閉，尖叫悶在嘴裡，十隻手指牢牢抓著林以亮。

終於，地震停了，宋琳放開手，留下十個微紅的指痕。

「對不起……」宋琳一臉不好意思，「我很怕地震……」

「沒關係，我不怕。」

林以亮微笑，宋琳端詳了他好一會。

「你們會待到什麼時候？」

「呃……還會待好一段時間。」

「真的嗎，我一個人久了好無聊，之後有機會可以找你們一起玩嗎？」

「好啊。」林以亮說，儘管他知道他的日子不會有什麼「之後」。

「太好了。」宋琳露出笑顏，她的眼睛真的非常好看。

林以亮和她道別走回躺椅，沒有發現不遠處的一棵棕櫚樹後方站著一動也不動的周安琪。

她手中拿著兩杯雞尾酒，面無表情看著這一幕。

✦✦✦

林以亮沒有想到這麼快又會看到宋琳。

當晚他和周安琪去露天餐廳吃晚餐，一進去就看到宋琳一個人面對大海吃飯的背影。她換了一件黑色露背洋裝，白皙無瑕的肌膚好似在發光。

林以亮還在猶豫要不要上前打招呼，周安琪就請服務生帶他們去露天泳池旁的座位，爵士樂團正在池邊演唱歌曲〈Can't Take My Eyes Off You〉。從他們的座位無法看見宋琳，宋琳也看不到他們。

「我最喜歡這首歌了。」周安琪笑咪咪說。

整頓晚餐兩個人有說有笑，還一起跳了一支舞，十分開心甜蜜。結帳時兩人都有些微醺，依偎著離開餐廳。林以亮發現宋琳仍在位子上，一個人喝酒看海。

他和周安琪搖搖晃晃走回別墅，沒有光害的夜空灑滿星星，快到別墅前周安琪突然大叫。

「啊，我錢包忘記拿了！」

周安琪不讓林以亮回去幫她拿，堅持要林以亮先回別墅。

「我等一下回來呢，希望浴缸裡熱水已經放好了，我可以跟某人舒舒服服地泡個澡，可以嗎？」

「我要先釐清一個關鍵問題，某人是誰？」

「誰放熱水誰就是某人嘍。」

周安琪咯咯笑，臉蛋紅通通的十分可愛，林以亮給她一個吻，才依依不捨地放她離開。

林以亮一走進別墅就衝去浴室放熱水，然後他換上高級浴袍，開一瓶紅酒拿兩個杯子，回到一樓的半開放起居室，海風柔柔吹進來，他在沙發上一面喝酒一面等待周安琪。

不知不覺紅酒已經喝掉了半瓶，熱水也早就放好了，周安琪卻一直沒有回來。

林以亮開始有些擔心了，手機沒有收訊無法聯絡，他猶豫要不要換衣服出門去找周安琪。就在這時，他聽見外頭傳來某種不尋常的聲響。

他揮開白色紗簾走出去，聲音似乎是來自通往海邊的小徑。他走到小徑入口，兩旁樹叢夾道，月光被雲層掩蔽，眼前黑幽幽地看不清晰。

「安琪？」他大喊。

沒有回應。

他開始出現不好的預感，他焦急地走進小徑，大聲呼喊安琪，卻始終沒有回應。

忽然他停下腳步。

前方地上有一個黑影，看不清是什麼東西，等到眼睛慢慢適應後，他才發現那是一個倒在地上的人。

「安琪！」

林以亮衝向前，但他很快就愣住無法動彈，地上的人不是周安琪。

是宋琳。

她披頭散髮，臉上都是鮮血，曾經迷人的眼睛此刻半睜著，黑色眼瞳像石頭一樣黯淡無光。

林以亮腦袋空白，無法控制地發抖。

他身後突然傳出腳步聲，林以亮慌張轉身，一個黑影高舉著球棒逼近眼前，下一秒，雲層散開，月光照亮小徑，球棒就在這一刻揮下。

林以亮最後的記憶是周安琪猙獰恐怖的臉。

✦✦✦

《巴哈無伴奏大提琴組曲》響起。

林以亮驚恐彈起身，胸膛上下起伏，發現自己身在四柱白色大床上。陽光從露台灑進來，房裡只有他一個人。

我怎麼會在這裡？

林以亮拚命回想，卻完全沒有小徑之後的記憶。他伸手觸摸昨天被球棒擊中的地方，沒有疼痛，沒有腫塊瘀血，連一個擦傷也沒有。

《巴哈無伴奏大提琴組曲》還在演奏。

他找到手機，六月十二日，九點。

還是同一天。

一個聲音從樓下傳上來，林以亮心跳差點停止。

「小懶豬不要睡了，快點下來吃早餐。」

周安琪的聲音聽起來沒有任何異狀，昨晚的最後一個畫面又回到林以亮腦中。

那真的是安琪嗎？

宋琳後來怎麼了，她沒事嗎？

「你再不下來我就要開動囉，快點下來！」

林以亮又呆了好一段時間，才慢慢爬下床。儘管他無比混亂，他知道自己必須要下去看看。

他戰戰兢兢地走下樓。餐桌上擺著兩人份早餐還有黑色小熊，周安琪坐在桌旁，嘟著嘴抱胸看他。

「吼很慢欸，我都快餓死了。」說完她又綻開笑容，「好啦，寶貝快點吃早餐，吃完我們去海邊，今天我想要學衝浪。」

林以亮看著周安琪的笑臉，感覺自己精神錯亂，他恍惚走到桌旁坐下。

「你怎麼了？」周安琪擔心地凝視他的臉，「昨天沒睡好嗎，臉色看起來好差？」

「嗯……大概吧……」林以亮猶豫了一下，說：「昨天晚上……有發生什麼事嗎？」

「吼，你還好意思問我。」周安琪嘟嘴瞪眼看他。

「什……什麼意思？」

「你都不記得了？」

林以亮愣愣搖頭，一顆心撲通狂跳。

「昨天我回到別墅你已經喝醉睡死了，我費了好一番功夫才把你弄回床上，澡都沒有泡到，你要怎麼賠償我？」

林以亮不敢置信。

「我……喝醉睡著了？」

「對啊，整瓶紅酒都被你喝光了，很誇張欸。」

林以亮明明記得自己只喝了半瓶，絲毫沒有喝完剩下半瓶的印象。

下一秒，他猛然起身，椅腳發出刺耳摩擦聲。

「你幹嘛啊？」周安琪被他嚇一跳。

林以亮沒有回答，他快步走出房子，朝小徑走去。

他很快停下腳步。

小徑安靜悠閒地通往海灘，棕櫚樹的葉影輕盈搖曳，沒有看見倒地的女人，沒有血跡，什麼都沒有。

林以亮怔怔站著，久久無法動彈。

「你在幹嘛啦？」周安琪追出來，一頭霧水看著他。

◆◆◆

整個上午林以亮都在海邊看周安琪衝浪。

他跟周安琪說自己有點不舒服，拿了一本書坐在陽傘下，卻一個字也沒有讀進去。

偶爾周安琪成功在衝浪板上站起來，回到岸上後就會朝他開心揮手，他也會笑著揮回去，但他的心並沒有在這片海灘上。

他一直在想昨晚的事。

他記得自己昨晚回到別墅時已經有些醉了，若繼續喝下去，的確有可能喝掛斷片，所以小徑上的一切都是他的夢境嗎？

但那經歷是如此逼真，逼真到他只要一回想就頻冒冷汗，反胃想吐。而其中最糟糕的是，他始終無法將周安琪的駭人臉孔從腦海趕出去。

中午時分，周安琪買了三明治和白酒，他們在沙灘上野餐。林以亮幾乎沒有吃，這讓周安琪很擔心。林以亮擠出微笑說他沒事，只要休息一下就好。

下午周安琪繼續衝浪，但似乎是早上把體力都耗盡了，才衝了兩趟就拿著板子上岸，去淋浴換衣服。

林以亮在躺椅上等她回來，形狀美好的白雲緩緩飄過天空，就在這時，他聽見一聲熟悉的驚呼。

一樣的發亮白洋裝，一樣的飛揚長直髮，宋琳在海灘上慌張追著飛走的絲巾。這一幕讓林以亮全身僵冷，眼前浮現昨晚宋琳流滿鮮血的臉。

絲巾像有生命似地不停往前翻飛，林以亮瞪著雙眼無法動彈，一路看著絲巾落入海中，在海面如垃圾般載浮載沉。

「寶貝！」

林以亮嚇到大叫，周安琪笑嘻嘻從後方探出頭，她換了一件粉黃洋裝，手中拿著兩杯雞尾酒。

「喏，你最愛的Pina Colada，喝一喝說不定會好一點。」

「喔……」林以亮接過插有鳳梨片和小紙傘的酒杯，「謝謝。」

「寶貝表現得很好喔，你最棒了。」周安琪笑著摸摸他的頭，像一個讚美孩子的慈愛母親。

林以亮愣住，疑惑看著周安琪，他正想開口時，身下的躺椅忽然劇烈晃動，地震。

周安琪誇張尖叫，假裝害怕撲到林以亮懷中，緊緊抱著他。地震結束後她才抬起頭，滿臉笑容看著林以亮。

「每天這樣震一下好像也挺好玩的欸。」周安琪笑得天真無邪，「但寶貝只能保護我一個人喔。」

林以亮怔怔望著眼前的女人，無法解釋地感到一陣顫慄。

✦✦✦

《巴哈無伴奏大提琴組曲》響起。

林以亮睜開眼睛，第一件事就是確認周安琪在哪。

沒有在床上，房間和浴室裡也都沒有人，她應該在一樓，說不定沒多久就會呼喚他下去吃早餐。

「寶貝起床，快下來吃早餐！」

果然。

林以亮跳下床，踮著腳尖，盡量不發出聲音來到保險箱前。家裡的 wifi、雲端相簿、Netflix 帳號，他們所有的密碼都是同一個，結婚紀念日。

林以亮的手隱隱顫抖，他一直搞不定密碼轉盤，一滴汗流下額角，周安琪又呼喚了他一次。

「來了！」林以亮大喊。

咔，打開了，林以亮心臟猛烈跳了一下，他原本還以為周安琪會換一個密碼。

但很快他就明白密碼沒換的原因。

保險箱裡頭空無一物。

林以亮檢查了三遍，但除了一張保固卡外什麼都沒有。不可能，他明明看見周安琪把控制器放進去，他看著她關上保險箱，跳上床跟他做愛，他們抱著入睡，然後隔天就是這永恆的一天。

終於，他想起那唯一的可能性了：周安琪每天都會比他早起，九點之前她可以做任何事情，可以把控制器拿出來收到別的地方，而且不論她在過程中發出多大的聲音，他都絕對不會醒來。

早餐吃到一半，林以亮裝作不經意開口。

「那個……控制器有收好吧？」

「當然啊。」

「收在保險箱裡？」

周安琪搖搖頭，「我換地方了，聽說旅館人員都有萬能密碼，要是他們好奇打開亂碰怎麼辦。」

「妳換到哪裡？」林以亮盡量讓自己聽起來毫不在意。

「祕密。」周安琪笑著叉起一片萵苣。

「哈哈，有、有什麼好祕密的啊？」

周安琪突然停住手中的叉子，眼中的笑意消失，定定打量他。

「你幹嘛那麼想知道？」

林以亮背脊竄起一陣寒意，他趕緊搖頭，問周安琪今天想要玩什麼。控制器的話題就此結束，沒有再被提起。

上午他們報名沙灘上的瑜伽課程，中途林以亮假裝肚子痛去廁所，用最快速度跑回別墅，到處尋找被藏起來的控制器。

他幾乎要把整棟別墅翻過來，卻什麼都沒找到。

周安琪到底把控制器藏去哪裡？

他看看手錶，他已經離開二十分鐘了，再不回去周安琪說不定會出來找他。他想起早上周安琪的冰冷眼神，以及她昨天說的那些話，心中的不安越來越強烈。

忽然，他瞥見矮櫃上的電話，像是溺水的人見到救生圈。

他急忙打開手機找到號碼，用矮櫃電話撥出去。

「天長地久有限公司感謝您的來電，現在是休息時間，請於上班日早上八點至下午六點來電，謝謝。」

林以亮眼前一陣天旋地轉，他怎麼會忘了呢，今天是四天連假的第二天，還要再三天才會有人上班。但只要這一天不停重複，公司就永遠不會有人上班，他永遠都無法聯絡上客服，請他們遠端解除服務。

林以亮的心沉了下去，手汗濡濕話筒，他打到旅館櫃檯。

兩分鐘後，林以亮癱在地上，整個人從內到外不停發抖。

小島往返本島的船兩天才開一次，今天正好是休航日，他被困在島上了。但這並非巧合，林以亮全都想起來了。

當初是周安琪堅持要選這個沒有手機訊號和網路的小島度假，連假日期也是她決定的。現在回想起來，雖然一開始是林以亮主動說要諮詢，並且說服周安琪參加，但最早他看到的那本簡介手冊，卻是周安琪拿回來的。

林以亮的最後一點懷疑也消失無蹤了，取而代之的是不停湧上心頭的恐懼。他無法離開這個島，無法離開這一天，一切都是設計好的。他想起那晚在小徑上瞥見的猙獰面孔，那不是惡夢，那是他最熟悉的陌生人。

✦✦✦

林以亮過了快四十分鐘才回去，臉色慘白像拉了五次肚子，周安琪擔心地要他不要再做新月式了，趕快回去別墅休息。

整個下午周安琪都陪林以亮待在別墅，她似乎真的以為林以亮吃壞肚子了。晚上旅館在星空下架起大投影幕，露天放映《嫌疑犯X的獻身》。林以亮已經看過了，他說服周安琪一個人去看，趁機在別墅又搜索了一遍，仍是一無所獲。

周安琪回到別墅時，林以亮正撐著頭坐在餐桌旁。他已經那樣坐好一陣子了，腦中都在想該如何跟周安琪攤牌。

周安琪在餐桌坐下，發現林以亮不大對勁。

「怎麼了，你還是不舒服嗎？」

林以亮看向一臉擔心的周安琪，剛想好的開場白一時竟說不出口。他沉默了片刻，決定換個方式開口。

「我在想，這一切是不是不太自然。」

「什麼東西不自然？」

「這整件事……」他吞了口口水，「天長地久。」

周安琪眼中的疑惑慢慢消失，她聽懂了。

「你不想跟我永遠在一起？」她的聲音沒有一點溫度，如屍體般冰冷。

「當然不是。」林以亮心虛地移開目光，「只是，這種狀態好像……不太健康，妳懂我的意思嗎？」

周安琪沒有回應，漆黑眼瞳冷冷盯著林以亮。林以亮慌忙開口，像一個犯錯的孩子急著解釋。

「我的意思是，我覺得，愛情好像不該獨立在時間之外，我們應該在漫長時光中一起成長，一起面對挫折，一起變老，雖然不能天長地久，但妳不覺得這才是相愛最好的方式嗎？」

沉默。

充滿壓迫的逼人沉默。

林以亮全身都汗濕了，他緩緩抬起視線，看向不發一語的周安琪。

出乎他的意料，周安琪臉上浮出一個甜美笑容。

「好好看喔！」

「啊？」林以亮不解地看著周安琪。

「你不是看過了嗎，福山雅治好帥。」

林以亮愣住了，周安琪像是突然變了一個人，開心聊起剛剛看的電影。

「但我還是最喜歡飾演數學老師的堤真一，他為了保護心愛的女人，竟然願意殺人欸，你不覺得很浪漫嗎？」周安琪笑著說，但眼底完全沒有笑意。「如果是我，我也會為愛殺人。」

周安琪的話像一把利刃刺穿林以亮，他臉色慘白，全身僵硬無法呼吸。

「我不會讓任何人破壞我的愛情。」周安琪緩緩站起身，背光的臉孔成為一片黑影，但林以亮卻彷彿能看見那張猙獰恐怖的臉，居高臨下吐出最後幾個字。

「就算是你也一樣。」

✦✦✦

周安琪瘋了。

林以亮毫不懷疑這一點。如果他不配合完成她心目中的愛情，周安琪肯定會殺了他。

當晚他們上床做愛。

林以亮並不想要，但周安琪卻輕易讓他產生反應。她比平常更主動，更淫蕩性感。她狂野地騎在他身上，忘情大叫，下體貪婪吸吮他的陽具，彷彿恨不得將他整個人吸進身體裡。

林以亮比平常更硬更大，身體的背叛讓他感覺被撕裂了，性愛的快感海嘯不斷衝擊他，將他衝上未曾體驗過的極樂高點。在周安琪的叫聲中他們一起到了，他射的比平常還要多一倍，他從沒有這麼爽過。

周安琪大汗淋漓地爬下來，嬌喘著躺進林以亮臂彎，一臉滿足地看著他。

「寶貝今晚好棒。」

林以亮大字型癱著，看著四柱大床的白色頂棚，第一次清晰地意識到一件事：他被關在世上最舒服夢幻的監獄裡了，刑期則是他當初選擇的，天長地久。

周安琪很快就睡著了，躺在床上的林以亮始終沒有閉上眼。黑暗中他的兩枚眼瞳閃閃發光。他要逃獄，一定要逃出這無限輪迴的一天。

當晚他就展開第一個嘗試——不睡覺。

一旦睡著這一天就結束了，他又會回到同一個早晨。所以林以亮趁周安琪完全熟睡後，拿著手機和錢包離開別墅，在碼頭邊徘徊不睡，準備九點一過就買上午第一班船票離開。他目睹六月十三日的太陽從海平面升起，甚至還跟售票亭的人聊起昨晚的煙火和電影，一切都沒有異狀。但九點一到，售票亭卻突然響起《巴哈無伴奏大提琴組曲》，他發現自己躺在床上，又回到同一個早晨。

絕望，無邊無際的絕望。

林以亮沒有放棄，他決定尋求外部力量的幫助。

晚上他趁周安琪在二樓洗澡時，用一樓的電話報警。警方就算不能將他從這一天救出來，至少可以幫忙聯絡天長地久有限公司的主管或負責人，請他們解除服務。

「您好林先生，請問有什麼問題嗎？」悅耳的女性嗓音。

林以亮愣了一下，她怎麼會知道我姓林？

「你們這裡是……報案專線？」

「這邊是旅館客服，我們注意到您撥了110，想請問林先生有什麼狀況嗎，我們可以先協助處理。」

「沒關係，幫我轉110就好。」

「不好意思林先生，我們需要先了解狀況，才能幫您報警，以免造成其他房客的恐慌或困擾，這是本旅館的行政規定，希望您能諒解。」

「什麼意思？所以我想報警還要得到你們的同意？」

「不好意思，希望您能諒解。」

林以亮不管怎麼抗議，對方都只會回同一句話，最後林以亮只好妥協，很快說明了他身陷的時間牢籠。

「林先生，請您不要開玩笑。」

「我沒有在開玩笑。」

「不好意思，線上還有其他房客在等待，請問林先生還有其他事情需要服務嗎？」

「等等，我真的沒有在開玩——」

「寶貝！」周安琪突然從二樓喊他，「你在跟誰說話？」

林以亮光速掛掉電話，嚇出一身冷汗。

✦✦✦

今天是林以亮第三次櫃檯作戰行動。

他打算支開櫃檯後的齊瀏海小姐和眼鏡小姐，用櫃檯電話跳過客服報警。

此刻周安琪正在SPA會館按摩，林以亮有一個半小時空檔。他來到本館大廳，靠在水族箱旁邊，假裝玩手機遊戲，偷偷用身體推動平台上的水族箱。

第一次他移動水族箱的意圖太明顯，還沒開始就被眼鏡小姐發現了。第二次他則是估錯了移動距離，最後功虧一簣。

這次他不會再犯同樣錯誤了。

他停止推動水族箱，這個距離應該沒問題了，他看看手錶，開始大步往櫃檯前進。

來了！

地面忽然劇烈搖晃，空氣裡充斥人們的尖叫和物體摔落的聲響，所有人都面露驚恐不敢動彈，但其中卻有一名男人神色自若地穿越大廳，輕鬆避開掉下來的天花板碎片，彷彿不知恐懼為何物，就像一個超級英雄。

男人毫無疑問是林以亮，這場地震他已經歷過太多次了，所有細節他都無比熟悉，只除了一件事。

突然，一聲撼動靈魂的爆裂巨響讓林以亮猛然一震，就是這個，水族箱成功從平台上震下來了。玻璃摔得粉碎，昂貴的螢光魚四散一地，正啪嗒啪嗒對折身體。

地震停止了，齊瀏海小姐和眼鏡小姐從櫃檯後慌張跑出來，看著生命逐漸倒數的螢光魚不知所措。大家都圍上來，七嘴八舌提出各種建議。林以亮走到櫃檯後拿起話筒，整個大廳沒有人朝他看過來一眼。

「市警局報案專線。」沉穩的男性嗓音。

林以亮差點歡呼出聲。

「拜託救救我，我被困在時間迴圈中，這是天長地久有限公司提供的服務，可以幫我聯絡他們，請他們救我出來嗎？」

警局男人比旅館客服有耐性許多，但他仍舊不相信林以亮的說詞，而隨著林以亮的語氣越來越激動，男人的耐性也急速消失。

「先生，你求我也沒有用，你說的話我完全無法理解，你必須提供證據證明你說的一切都是真的，否則我無法幫你。」

「證據？我被困在這裡是要怎麼給你他媽的證據？」林以亮崩潰大吼。

「先生。」男人的嗓音變了，「我現在幫你轉接心輔專員，我想你可以先跟他聊一下……」

突然爆出如雷掌聲，林以亮發現大廳中每個人都一臉喜悅，有人舉臂歡呼，有人四處擊掌，彷彿剛才他們一起攜手拯救了世界。齊瀏海小姐和眼鏡小姐拿著水桶和大家道謝，地上已經看不到螢光魚了。

林以亮茫然望著這一幕，他緩緩放下話筒，有個想法在腦中成形。

✦ ✦ ✦

林以亮進行出發前最後一次檢查。

他打開夾鏈袋，手機、錢包、餅乾、水，他把夾鏈袋關上，裝進塑膠袋綁緊，再放進另一個更大的夾鏈袋。

今天一早他就從醫務室偷到安眠藥，摻進周安琪的飲料裡，分量足夠她睡到明天。

他為了這天整整準備了一個月。每天他都利用跟周安琪分開的小空檔，四處尋找需要的東西，有些可以直接跟旅館拿，有些則必須用上一點非法手段。當然，他無法保存任何物品到隔天，他只能記住取得物品的時機與方法，並設計嚴密的行動時間表，確保這永恆的一天會成為完美的一天。

現在所有東西都備齊了，只剩下最後一件物品。

林以亮看看手錶，還有三秒鐘。

三、二、一。

海灘上的救生員爬下有遮陽傘的救生員椅，走向遠方的廁所，要過三分四十八秒後才會回來。此刻整片沙灘只有一對情侶在棕櫚樹下卿卿我我，他們眼中看不到任何人。

林以亮花了兩個禮拜觀察，才找到這一小段完美的空檔。

他衝向救生員椅，抓起地上的亮橘色救生圈，用絕緣膠帶將夾鏈袋牢牢捆在上頭。救生圈連接著一段安全繩，他把繩索綁在腰上，抓著救生圈跑向大海。

儘管林以亮穿著稍早租來的防寒衣，冰冷的海水仍舊讓他不禁打顫。他埋頭划水，逆著海浪不間斷游了三分鐘才停下來，趴在救生圈上確定情況。小島的沙灘只剩下模糊的影子，沒有人追著他游出來。他轉身看向後方，豔陽藍天下本島的綠色山脈清晰可見。

他深吸一口氣，潛入水中，開始這趟游向本島的偉大長征。

這一個月林以亮每天都會找時間練習游泳，他對自己田徑隊練出來的體力還算有自信，剩下的就是意志力了。小島距離本島約六公里，他計畫一次游兩百公尺，分三十次游完，每次之間休息五到十分鐘，這樣傍晚應該就可以抵達本島。

這個計畫無比瘋狂，卻是他唯一的希望。

他要把證據直接帶到警察局，讓警察開著鳴笛警車帶他去找天長地久有限公司的人，結束這場惡夢。

證據就在他的手機裡，裡頭有一支他命名為「大預言家」的影片。顧名思義，他拿著手機走來走去錄影，在每件事發生前就先進行預言。從路人的聊天內容到天花板碎裂的大地震，他在半小時多的影片裡準確預言了二十多件事情。如果這樣都還不算證據，那他真的不知道什麼才是證據了。

林以亮已經休息十五次了。

他每次休息的時間越拉越長，早就超過自己原先設定的上限十分鐘。而本島的大小看起來仍跟一小時前一模一樣，絲毫沒有改變。不應該是這樣的，他困惑地抱著救生圈，隨著海流浮沉，不知道問題出在哪裡。此刻他已經累到連思考都沒有力氣，在他的左手邊，光芒黯淡的太陽正快速地沉下海平面。

林以亮第十六次將頭抬出水面時，看見了他從沒想過的景色。

無情的黑夜降臨了，舉目所見一切都成了藍黑色，藍黑色的天空，藍黑色的大海，就連他的皮膚也染上了藍黑色。到處都看不見本島，連依稀的輪廓都沒有。林以亮瞬間慌了，恐懼衝上心頭，本島在哪裡？我在哪裡？

水溫彷彿突然降了十度，呼出的空氣都成了白霧，林以亮的心跳猛烈加速，沒有一件事在他的預料之中。下一秒，他的小腿突然一陣劇痛，開始激烈抽筋。

林以亮痛到彎起身體，不小心喝進一口水，他掙扎地揮舞雙手，想把救生圈拉過來，卻一直摸不到繩索。他將雙手伸向腰際，腦袋頓時一片空白，他的腰上什麼都沒有！

本該綁在上頭的安全繩不知何時脫落了，救生圈和夾鏈袋都沒了。他的小腿還在抽筋，痛楚像不停歇的強力電擊，林以亮又嗆了一大口水。

下個瞬間，一道藍黑色大浪將他捲了下去。

✦✦✦

林以亮大叫醒過來，發現身上乾燥溫暖，眼前是明亮的純白床單，耳旁是熟悉的大提琴曲。

他衝進廁所，抱著馬桶嘔吐，崩潰痛哭。

昨晚他溺死在海裡。

他仍能清楚記得最後一刻感受到的無力與絕望，黑暗從四面八方聚攏上來，死亡原來那麼容易。

但就連死亡也無法幫他逃出這個時間迴圈。

知道這一點後，選擇放棄就輕鬆多了。

周安琪沒有對昨天的昏睡起疑，單純覺得自己玩到太累了，反而是林以亮憔悴的失神臉龐，讓她頻頻關心他還好嗎。

下午的時候，發生了一件小插曲。

「你有看到小熊嗎？」周安琪在別墅裡焦急地尋找，「怎麼會不見了呢，早上明明放在這裡的。」

林以亮靜靜坐在沙發上，看著周安琪從他面前跑過來又跑過去，找小熊找到滿頭大汗，她似乎忘記明天睡醒小熊又會出現在原本的地方。在這個時間被取消的世界裡，沒有什麼東西會真正失去，也就沒有什麼東西會真正得到，一切都像衝上沙灘的泡沫，沒有任何意義。

「會不會掉到桌子下？」林以亮隨口說。

「我找過了，沒有。」

「沙發下呢？」

「也沒有啊。」

「還是妳早上帶出去，忘在海灘上了？」

「不可能，那麼重要的東西我才不會帶出門，一定還在房子裡，你也來幫忙找啦。」

林以亮動也不動，周安琪的話像一道熾白電流竄進他體內，他全身顫慄不止。

忽然一聲驚喜尖叫，周安琪找到小熊了，她興奮對林以亮說小熊滾到紗廉後面了，林以亮卻毫無反應，他的思緒已經跑到很遠的地方。

他想到結束這場惡夢的方法了。

✦✦✦

「可以了嗎？」周安琪問。

「還不行。」

林以亮牽著周安琪走下別墅樓梯。由於周安琪眼睛上蒙了一塊黑布，所以他們只能一階一階慢慢走，好不容易終於來到一樓。

「可以拿掉了嗎？」周安琪又問，黑布下方的笑容非常甜。

「還沒，走這邊。」

林以亮牽著周安琪來到起居室中央。音響流瀉出優美的爵士樂曲，沙發被移到一旁，改放了一張白色圓桌。桌上已經擺好了餐具、蠟燭和紅酒，瓷盤裡的牛排看起來十分可口，這是旅館提供的私人燭光晚餐行程。

林以亮幫周安琪在椅子上坐下，黑色小熊乖乖坐在第三張椅子上。

「好，可以拿掉了。」

周安琪揭開黑布，瞪大雙眼驚呼，驚喜地看向林以亮。

林以亮越過桌面溫柔握住周安琪的手。

「寶貝，妳還記得我跟妳告白的那一天嗎？」

周安琪點頭，燭光暈紅臉龐，濕潤雙眸閃閃發光。

「當年我什麼都沒有，連一個像樣的禮物都買不起，也不能帶妳去吃大餐，只能吃夜市。

我還記得那天我們吃完夜市牛排去夾娃娃，我偷偷對自己說，如果上帝讓我夾到黑色小熊，我就要跟妳告白。結果我一直夾不到，只好不斷去換錢，最後花了保夾三百元才夾到，一出店外就發現一模一樣的熊隔壁地攤只賣一百五。」

周安琪笑了，往事歷歷在目。

「妳不會知道我在夾娃娃機店拿著小熊跟妳告白的時候有多緊張，妳就是我想共度一生的人，除了妳，全世界我都不想要，我無法想像如果被妳拒絕了，我的人生要怎麼繼續下去……」

周安琪感動地望著林以亮，揉了揉水花閃爍的眼角。

「我們在一起的這些年，有爭吵，也有淚水，但現在回想起來那些都不重要了，我只記得我們共度的美好時光，謝謝妳給過我比整個宇宙還要多的愛……我想在最後跟妳說，謝謝妳安琪……謝謝……我……我真的……」

林以亮開始哽咽，神情看起來痛苦多過於幸福。

「怎麼了寶貝？」周安琪嚇到了，握緊林以亮的手。

林以亮吸了吸鼻子，花了點時間整理情緒，才再度開口。

「我已經決定了，今天……是我們的最後一天。」

周安琪瞪大雙眼，不懂林以亮在說什麼。

「我沒有辦法再這樣下去了，這樣日復一日地虛度光陰，我一點都不快樂，我對妳的愛也逐漸減少，我不想到最後發現自己開始恨妳，所以我要結束在這一天，今天我們就好好吃完這頓晚餐，好好說再見吧。」

周安琪無法置信，但林以亮的眼神一點都不像在開玩笑。她緩緩收回顫抖的手。

「結束……你要怎麼結束？」

「我找到妳藏起來的控制器了。」

周安琪臉色瞬間慘白，錯愕瞪著林以亮。

「不可能……」

「妳不信的話可以去確認看看。」

周安琪的眼神下意識瞥向牆上的電視，下一秒，她就明白自己被設計了。林以亮離開椅子，全速衝向電視。

今晚的一切都是林以亮設好的局，為了套出控制器的下落。就像周安琪說的，重要的東西不可能帶出門，控制器一定還在別墅裡。

「林以亮！」周安琪激動起身。

來不及了，林以亮用力扯下電視，固定支架硬生生斷開，零件噴落一地，控制器安靜地卡在牆壁和支架間。

林以亮恍然大悟，周安琪不想要他找人來修電視，是因為電視根本就沒有壞，只是訊號被控制器干擾而已。

林以亮伸手取出控制器，心中一陣激動，一切都結束了，他把大拇指放上紅色按鈕。下個瞬間，他的右手從手腕處整齊斷開，啪一聲掉在地上，斷手還牢牢抓著控制器。

林以亮感覺一陣暈眩，恍惚看著鮮血從斷口處不斷泉湧噴出。兩秒後，痛楚終於傳到腦中，他抓著噴血的手腕淒厲慘叫。

「不要怕。」周安琪說。

林以亮驚嚇轉身，鮮血噴得周安琪滿臉都是，一道道似淚血痕從她雙眼流下來，但她臉上卻帶著突兀的大大笑容，看起來詭異而駭人。

「不要怕。」她舉起手中滴血的小斧頭，眼底的光芒異常明亮。「我馬上讓你解脫，明天醒來就沒事了。」

斧頭揮下，林以亮在最後一刻閃開，整個人因此跌倒在地。他想要爬起來，卻踩到自己的血滑倒，但反而幸運躲過第二擊，揮空的周安琪重心不穩摔在地上。

林以亮四肢著地爬行，右手手腕像被火焰燒烤，灼熱痛楚幾乎要讓他昏厥，但他不能閉上眼睛，他不要再回到同一個早晨，他咬牙爬到沙發後方。

周安琪站起來了，她看著地上彎彎曲曲的血痕，咧開腥紅笑容。

「寶貝。」她踏著血痕走，留下一個個血腳印。「寶貝你在哪裡？」

周安琪和沙發的距離越來越短，手中的斧頭高高舉起，血色眼瞳射出興奮光芒，她跨步跳到沙發後方。

地上一個人也沒有。

血痕從沙發另一頭彎出去了。

下一秒，周安琪聽見一聲怒吼，林以亮用盡全力掀翻沙發壓向周安琪。周安琪來不及閃躲，被沉重沙發撞倒，壓在地上動彈不得。

林以亮喘著氣站在那裡，整張臉因為失血而極度蒼白。周安琪瞪著他，扭動身體想爬出來，沙發卻死死壓在她身上。

林以亮疲憊地轉身，蹣跚走向他的斷手。

「寶貝！」周安琪的臉色變了，「寶貝不可以！要是壓下按鈕，你的手就不會復原了！」

林以亮沒有停下腳步，他扶著牆來到斷手旁邊，彎腰撿起地上的手。他面無表情凝視斷手，不久前還是他身體的一部分，現在卻感覺無比陌生，像是別人的手。

「林以亮！」沙發下的周安琪臉孔扭曲，焦急大喊。「要是你按下按鈕，不止你的手不會回來，你還可能會失血過多而死，你聽到沒有！」

林以亮沒有回應，緩緩將左手拇指放在仍有餘溫的右手拇指上，右手拇指下方就是那顆結束一切的紅色按鈕。

「林以亮你會死的！不要啊！」周安琪哭喊。

終於，林以亮的目光動了，他吃力地轉過身體，看向地上的周安琪。

「與其跟妳天長地久……我寧願死。」

林以亮用力按下拇指。

✦✦✦

林以亮睜開眼睛，沒有《巴哈無伴奏大提琴組曲》，沒有白床罩和明亮日光，他頭痛欲裂，四肢僵硬，嘴裡有金屬的味道。

他過了一會才發現自己並不是平躺著，而是斜斜靠在約六十五度的軟墊上，四周被透明玻璃圍住。玻璃看出去是一大片白牆，玻璃內側幾乎沒有活動空間，像是某種單人艙室。

忽然林以亮露出困惑神情，他試圖抬起右前臂，肘關節卻像鈣化般難以活動，他費了好一番功夫才將手臂伸至面前。

果然沒錯！

他的右手還在，完好無損，但他的皮膚不知為何卻充滿褶皺，散布著斑點。

怎麼回事？

他抬起另一隻手，同樣皮膚鬆弛布滿黑斑。他雙手顫抖得厲害，下一秒，他看見前方玻璃罩上自己的倒影。

一個頭髮灰白稀疏的老人，至少有七十歲，眼袋下垂，神情茫然無助，皺紋布滿整張臉。

林以亮幾乎認不出自己，但那的確是他的五官，是他的臉。

他無法置信地眨著眼，感覺窒息，現在到底是什麼狀況，他吃力地撐起身體，前傾移向玻璃，想將自己看得更清楚，但他的頭卻突然一頓，無法再往前了，後方似乎有東西鉤住他。

他將雙手伸到身後，摸到一條堅硬冰涼的導線，有手腕那麼粗。他循著導線一路摸下去，整個人猛然僵住，導線一路插進他的後腦殼裡。

林以亮驚恐地喘著大氣，雙手又拽又扯，想將導線拔出來，導線卻紋風不動。就在這時，他眼前突然一亮，白牆上開始播放巨大的投影影片。

林以亮停住動作，愣愣望著影片，他發現他早就看過這支片子了。

影片聲音透過玻璃傳進艙室裡。

「我要我們天長地久。」

一對戀人牽手站在湖邊小屋外，對著鏡頭甜笑開口。

下一幕，鏡頭切到病房，男人插管躺在病床上，女人心疼握著男人的手，一組穿白袍的技術專家拿著器材走進病房。

林以亮的心跳怦怦大響，他想起來了，全都想起來了。

他想起他看過這支宣傳影片無數次，想起他和周安琪去簽約的那一天，想起他們一起做的所有選擇。

他們決定在生命走到盡頭時，授權天長地久有限公司用生命艙維持他們基本的生命數值，再利用記憶切片和數位意識模擬技術，讓他們可以永遠活在最美好的時光裡。

他們都同意選擇「從頭來過」方案。他們在小島度假以及小島之後的所有記憶將被消除，與服務內容有關的回憶也會被重新編寫。他們不想記得兒子的死亡車禍、林以亮的外遇，還有周安琪的兩次自殺未遂。他們的愛情在時間的碾壓下早已殘破不堪，但他們都相信只要回到那完美的一天，一切就可以重新開始，並且永遠完美下去。

宣傳影片來到尾聲，林以亮緩緩轉頭，看向隔壁緊鄰的另一座生命艙，和他最後記得的畫面一樣，滿頭灰髮的周安琪安詳地躺在裡頭。林以亮忽然湧出一陣深沉的顫慄，他和躺在那裡的女人共同生活了四十七年，但此刻他才發現自己從沒有真正了解她。

突然一口瘀血衝上喉頭，林以亮劇烈咳嗽停不下來，胸腹激烈抽痛。下一秒，生命艙內亮起閃爍紅燈和警示鳴響，頭頂傳出毫無情感的機械人聲。

「偵測到A182艙宿主脫離數位意識模擬，生命指數降至危險區，將立即啟動冬眠程序，回復模擬作業。」

「等等……停止！聽到沒有，我不要回去，快停止啊！」

林以亮的呼喊沒有半點效果，艙內兩旁的小洞開始噴出催眠煙霧，他雙眼被嗆出淚水，咳嗽更加劇烈。

「救命啊！」林以亮邊咳邊喊，使勁全力捶打玻璃罩。「有沒有人，快放我出去！救命啊！」

白煙逐漸遮蔽視線，林以亮感覺腦袋越來越沉，他的拳頭繼續敲在玻璃上，震動著生命艙，但卻一下比一下更微弱。終於，他的手失去力氣垂了下來，頭歪倒向一旁，在逐漸縮小的朦朧視野中，他看見隔壁艙周安琪微笑的嘴角，她似乎正做著一場美夢。

五分鐘後，A182艙的催眠煙霧已完全抽空，宿主的生命徵象得到控制，重新回到數位意識模擬。

天長地久有限公司設置於地底的巨大生命倉儲中，兩兩一對的生命艙密密麻麻布滿整個空間，不時會有新的艙室噴出催眠煙霧，伴隨模糊的呼喊與捶打聲，但最終一切又會回歸平靜。白牆上的宣傳影片又從頭播映了。一對戀人牽手站在湖邊小屋外，對著鏡頭甜笑開口，話中的每一個字都充滿濃濃的幸福愛意。

「我要我們天長地久。」

幽浮臺北

1

張士捷走出地下車站來到地表。明明才下午兩點，臺北天空卻像墨汁一樣黑，四周都是夜晚街頭模樣，霓虹燈光燦爛。雖然早有心理準備，他仍花了點時間，才習慣頭頂的黑不是天空，是幽浮。

十年前幽浮第一次出現在臺北上空，沒人知道它怎麼來的，所有衛星和雷達都沒有拍攝偵測到任何反應，幽浮就忽然出現了，瞬間移動一樣。

士捷還記得那一天，他在南臺灣一間國中教室上英文課，後方忽然有同學驚呼：世界末日了！

同學拿出手機，給大家看網友上傳的臺北影像。明明才大白天，整個城市卻黑得可怕。路上行人都一臉驚恐，車子全停在馬路上，鏡頭外有人在不停尖叫。

英文老師顧不得上課，趕緊打電話給臺北的親友。學校很快宣布停課，卻不讓學生自行回家，一定要家長來接。士捷的媽媽從善化的工廠趕過來，她到的時候，新聞已經拍到幽浮的模樣。

起初各家媒體對幽浮大小有不同推測，落差大到好幾公里。回頭來看，最精確的是一名PTT網友的留言，幽浮約有大安區加上信義區那麼大。後來幽浮對策委員會確認幽浮長6.73公里，寬4.12公里，呈橢圓形，中心點約落在捷運科技大樓站附近。本體厚度不明，似乎會隨時間改變。

臺北第一次成為世界的焦點，全球每個角落都在關注幽浮的進展。接下來那三個月，士捷感覺自己在看一場末日科幻實境電影。每天都有不同的傳聞流言：有人說外星人即將大舉進攻地球，這艘幽浮是他們的先遣部隊；有人說幽浮是意外迷航，人類有義務伸出援手；還有人說幽浮根本不來自外星種族，而是穿越時空的未來人，要來對我們傳達一項重要訊息。

不論是哪一個推測，都沒有得到解答。幽浮就這麼懸在臺北的天空，沒有移動沒有變化，日復一日，對人類的任何試探都沒有回應，像是毫不在意。

有辦法出國的人都飛出去了，不能出國的人也都離開臺北，臺北第一次成為鬼城。所有人都在屯物資，物價漲到平時的二十倍。士捷第一次慶幸自己住在臺南。據說臺北大逃難前後死了兩千多人，沒有一個人是死於幽浮攻擊。

中央政府在幽浮出現隔天就一舉遷到高雄，這是他們做的唯一一件有效率的事。之後他們因為幽浮對策委員會要設在國防部還是外交部底下，吵了整整一個月。總統也始終沒有表態，他的立場就像幽浮本身一樣，曖昧不明。

在野的T黨利用這次機會，提出正副總統罷免案，竟然一舉通過，推倒執政多年的W黨。三個月後當選的新總統是T黨主席傅力民。他用強硬的下顎線條宣布政府會先確保國民安危，其次才考慮外星文明交流。他對幽浮抱持三一二不政策：國防第一、安全第一、人類第一，以及不宣戰、不懼戰。

傅力民上任後做的第一件事，就是將中央政府遷回臺北。政府強制限量限價民生物資，升息控制通膨，物價在三個月內回穩。傅力民天天開記者會跟全民報告政府的每日進度，他和T黨的支持率因此達到前無古人的八成二。這時距離幽浮出現已經過了十個月。

這十個月內，幽浮仍舊一點動靜也沒有，沉默高懸天上，不管底下人類社會的紛紛擾擾，就像人類不關心腳下的螞蟻一樣。

有段時間，人們在網上半玩笑半當真地流傳一句話：臺北上空根本不是什麼幽浮，而是外星人路過留下的一片垃圾。

士捷還記得當時由各國學者專家組成國際聯合調查小組，在一年半的調查過後，發出的報告讓所有人大失所望。他們什麼都不知道，什麼都查不出來。幽浮對人類仍舊是一個謎，可以自由解答，自由詮釋。

傅力民將一大部分預算用於臺北的空防武裝，提升人民對臺北的居住信心。他推動返北政策，取消臺北新北的各種稅金，建設連通各地的地下基礎生活網，日常居住購物都可在地下進行，並提供高額的租屋購屋獎勵。這些政策搭配紋風不動的幽浮，慢慢收到成效。人民逐漸相信幽浮對人類並無敵意，此刻的臺北反而處處充滿機會，返北人數開始一年年增長。

士捷高二那年，瞞著媽媽偷偷上了臺北。他想親眼看看那改變一切的巨大幽浮。

他搭了四個小時的車，屁股都坐麻了，終於在中午時分抵達臺北。遠遠地，他就看見那片黑色圓盤。他們說世上從沒出現過那種黑色，能吸收99.99%的光。士捷感覺那黑色濃到沒有人性，沒有希望，天空像裂開一道黑色的傷口，永遠無法癒合。

客運載著士捷一路開進市中心的幽浮底下，頭頂從白天變成了黑夜。士捷下車，在客運站外仰起頭，盯著無邊無際的深邃黑暗，忽然有了不同感觸。他感覺這片看不穿的黑充滿了各種可能。黑不再是無，而是無限。他著迷想像黑暗後方的種種故事，眼神一秒也捨不得移開。

五個小時後，士捷搭上回臺南的客運，他從頭到尾都沒有離開過客運站，他唯一參觀的景點只有臺北幽浮。回程路上他做了一個決定，他要說出藏在黑暗之中的故事，他要上臺北的大學念電影。

士捷媽媽不放心他去臺北念書，整天以淚洗面，擔心幽浮某天會突然掉下來。士捷最後只好妥協，留在南藝大念美術。

大學畢業後，士捷去馬祖雷達站當兵。或許是當兵這一年平安無事，又或是幽浮長達十年不動終於打動了媽媽。退伍後士捷如願上臺北找工作，媽媽只叮嚀他衣服穿暖一點，臺北不比臺南，濕冷許多。

此刻，剛離開地下車站的士捷仰頭望著頭頂的黑色天空，全身顫慄不止，又想起當年的感動。四周行人匆匆走過他身旁，沒人抬頭看天空一眼。

士捷來到胖凱的租屋處。胖凱是他大學學長，在臺北的廣告公司做設計。士捷先借住他家，一邊找工作和房子。

士捷才剛到就要幫忙胖凱搬家，從地下二樓搬到地上四樓。有好幾年，大家都只租地下室。地下生活網互相通連，幽浮掉下來也不怕，就是房租貴了點，越底層越貴。

「這是政府當初花大錢蓋的，空調比較悶，但絕對安全。」

胖凱拍拍搬空的四壁白牆，傳來結實悶響。士捷感覺這房間像是一具白色的棺材，他對於人類可以長期住在這種地方，感到驚訝不已。

「這兩年鄰居一個個搬走，大家都不願意窩在地底囉，世界真的在變了。」胖凱感觸良多，「你現在來正好，到處都在徵人，我從沒見過臺北有這麼多工作機會。」

士捷發現胖凱說對也說錯了。的確有許多劇組職缺，片種也五花八門，愛情片、恐怖片、喜劇片、紀錄片，什麼題材都有人在拍，但士捷都沒興趣。

「你想做科幻片？」面試時許製片問道。

士捷興奮點頭，說起他構思多年的點子。許製片很快打斷他，要士捷跟他一起走到窗邊。

「你自己看。」

士捷從六樓往下看，不明白要看什麼。

「上面。」許製片指向頭頂一望無際的黑暗，「幽浮就在我們頭上，我們所有人都活在科幻片裡頭，誰還想要再看科幻。」

許製片說他們很缺人，要是士捷有興趣，仍舊歡迎他加入。

士捷失落離開製作公司，趕去看房子。路上他因為防空演習停下，跟其他路人一起困在室內。他看著馬路旁升起一座座砲台，對準上方的幽浮，感覺荒謬極了，像是孩子拿水槍要射星空。

士捷因為演習遲到了十分鐘，房東阿姨有些不悅，一邊叨唸一邊拿鑰匙開門。士捷發現房內四處丟著衣物，明顯還有人居住。忽然床上一團棉被跳起來，棉被下的內衣女孩抓起枕頭砸向他們。「出去！」

士捷和房東阿姨狼狽來到屋外，門砰一聲關起來。幾秒後門又打開，女孩穿好衣服跑出來。

「妳不可以這樣進入我房間！」

「妳毀約不租了，我要帶人看房有什麼不行！」

「妳這是刑法侵入住宅罪，還有，不是我毀約，是妳不滿我申請返北租金補助，惡意調漲房租在先，妳才毀約！」女孩振振有詞，她看向士捷。「你別跟這種人租房子！」

「喂妳別妨礙我帶人看房。」房東阿姨要士捷跟她離開，「這間不看了，阿姨還有另外兩間。」

女孩忽然拉住士捷的手，不讓他離開。

「我叫琪琪，你喜歡貓嗎？」

士捷聽見房內傳來一聲貓叫。

「我正在找房子，乾脆你跟我一起找吧。」

士捷怔怔看著琪琪，他驚訝發現她的黑色眼瞳深邃迷人，像幽浮一樣。

2

士捷在工作室跟攝影師對分鏡。成立工作室以來，他已經拍過無數支短片，但這支不一樣。

他望著桌上被兩盞棚燈照亮的一支扳手。扳手看起來沒有任何特別之處，和其他上萬支扳手一模一樣，只除了一點，扳手和桌面間有五公分的空隙，扳手正浮在空中。

胖凱說昌哥來了。士捷有些意外，昌哥從不曾來過工作室。但想一想又非常合理，如果昌哥要挑一天過來，那肯定是今天。

昌哥是許製片介紹的。那時士捷剛跟許製片拍完一部愛情喜劇，殺青酒上許製片把士捷找去，要他見見昌哥。

「我聽說你想拍科幻。」昌哥微笑看著士捷。他四十多歲模樣，五官端正頭髮黑亮。士捷發現他幾乎是第一時間就對昌哥的笑容產生好感，世上就是有這樣的笑容，誠懇、順眼、溫暖，充滿所有正面的人性特質，讓人願意無條件相信笑容的主人。

昌哥不想拍電影，但他想拍臺北幽浮，還有關於幽浮的一切。只要主題是幽浮，昌哥對於創作沒有任何限制，重點是，資金非常充裕。

士捷只考慮一個晚上就答應了。一個月後，他在頻道發布第一支短片，用幽浮上的外星人視角看底下的臺北人生活。外星人的造型非常浮誇，但諷刺寫實的臺北日常瞬間就引發瘋傳，造成話題。

士捷成立了工作室，找胖凱來幫忙，每兩週發一支新片。從幽浮造成大安森林公園沙漠化的進程，到訪問宣稱自己被幽浮感召而能預知未來的特異人士，內容五花八門，頻道訂閱數也穩定成長。然後上週，昌哥反常地希望士捷拍攝特定內容，就是此刻他眼前的飄浮扳手。

關於這支扳手的一切都還是個謎。士捷只知道有科學家發現幽浮下方有幾處磁場特別混亂的空間，只要將金屬置於此空間，就可以獲得短暫的懸浮能力。除此之外，這些空間還可以大幅增加某些化合物的導電散熱特性，對半導體產業很有幫助。

昌哥安靜旁觀拍攝過程，沒有給任何意見。休息時間，昌哥跟士捷說之後還有一系列影片要麻煩他，都是關於幽浮造成的新發現。昌哥表示這些發現會改變許多產業的命運，大大影響所有人的生活。

士捷注意到昌哥臉上難得閃現激動情緒。昌哥沒有待到拍攝結束，他還要趕去參加W黨的募款餐會。

總統大選要來了，倒數四十八天。這陣子所有人都在談論這件事。幽浮到來後，T黨已經連贏了兩屆，當年讓傅力民拿下勝利的國防策略也慢慢開始受到挑戰。人民不滿頻繁的防空演習，不滿消耗巨大稅金的砲塔維護費用，不滿政府以國安為由控制物價，干預市場經濟。

W黨總統候選人廖佩華主張把生活和經濟還給人民，是時候從幽浮的黑影中走出來了。

「她現在就是要我們對幽浮視而不見，但幽浮明明存在。」琪琪激動地說，她剛從廖佩華的競選總部趕來餐廳。她替一份獨立媒體工作，撰寫各種採訪報導。

士捷努力把話題帶到別的地方，今天不適合談政治。他特別訂了這家米其林餐廳，今天是他們的兩週年紀念日。

當年琪琪邀士捷一起找房子。他們最後在小南門租了一間兩房一廳的家庭式，一天可以有三小時日照，這已經是他們能負擔的房租極限了。

起初士捷和琪琪就是一般室友，但黑貓小南三不五時會跑到士捷房間，牠主人也因此常跑來找牠。琪琪和小南待在士捷房裡的時間越來越長，有天琪琪提議要不要乾脆把她的房間租出去，她和小南搬進士捷房間，可以省點錢。士捷說好。

此刻琪琪在士捷面前不悅抱怨W黨，士捷不禁想起他們第一次見面那天，琪琪和房東吵架的樣子。那時自己或許就已經愛上她了。

「嫁給我。」士捷說。

琪琪愣住，牛排刀還拿在手上。

士捷拿出戒指，單膝下跪。

「孫琪琪，妳願意嫁給我嗎？」

琪琪丟下牛排刀，把士捷從地上拉起來狂吻。周圍的客人歡呼鼓掌，琪琪和士捷吻到一起笑出來。

晚上他們回家親密做愛，結束後兩人躺在床上聊了好多好多，從婚禮的形式，聊到孩子支持的職棒隊伍。這是士捷記憶中兩人最後一個單純的夜晚。那週末扳手的影片上線，一切就徹底改變，再也不同了。

影片中的新發現讓大家重新思考人類與幽浮的關係，可以不只是猜疑和防備，能有更多互利互惠的可能性。

頻道的影片留言第一次破萬，人們期待政府能有所回應，但卻遲遲等不到。反而是W黨和廖佩華頻頻發聲，承諾會利用外星科技帶動產業發展，並以此增加外交話語權，提昇臺灣的國際地位。

下一支影片訪問了許多學者教授，大家都對懸浮能力的應用有一番見解。其中臺大幽浮研究中心的吳應慈教授相信這些異常磁場空間內還有更多祕密可發掘利用，她甚至懷疑這些空間是幽浮刻意為之，最初就是要供給人類使用。她主張政府應該為了全民利益放下敵意，進一步跟幽浮和外星人接觸。

這支影片讓廖佩華的民調首次超過30％，開始對現任總統的連任之路產生威脅。琪琪則因為這支影片跟士捷大吵一架。

「你們幹嘛訪問吳應慈，她一直都是W黨的打手，她這番話根本就是在助選。」

「妳不要什麼都扯到政治，吳應慈是這領域最受推崇的專家，我們不訪問她才奇怪。」

「W黨已經談好兩年後提名她選大安文山區議員，你要怎麼不扯到政治？」

「這又是哪來的八卦消息？我們影片都有做事實查核，不像你們媒體人都道聽塗說。」

琪琪因為這句話炸了。士捷很快低頭道歉，一方面是他真的氣話說過頭，另一方面，他也擔心琪琪肚子裡的孩子。

琪琪知道懷孕已經兩週了，但他們連慶祝的時間都沒有，琪琪每天都因為總統大選從早忙到晚。士捷很擔心琪琪的身體，她答應選舉結束後會請假好好休息。

隨著大選逐漸接近，士捷也不得不承認，頻道的確對廖佩華的選情有關鍵影響。這是他當初始料未及的，他最早只是想說出腦中的科幻故事，但昌哥呢？一年前昌哥找他拍片開頻道，是否已預見了這一步？

大選前三天，昌哥第一次要求士捷進行直播。

「直播什麼？」

「歷史的瞬間。」

士捷一頭霧水，但還是按照昌哥的要求，在頻道預告直播時間。

直播當天，昌哥早早就來到現場，在工作室頂樓確認鏡頭位置。鏡頭對著幽浮暗影籠罩下的信義區，１０１位在畫面中央。

下午三點，直播開始了。沒有主持人，沒有來賓，只有一個拍著戶外的空鏡頭。留言區被疑惑的粉絲灌爆，士捷擔心地看向昌哥，發現昌哥仰頭盯著上方，神色緊張。

然後那個聲音就出現了。

士捷第一個反應是蹲下來，他以為那是大地震的轟鳴，但很快他就發現地面沒有晃動，聲音是從天上來的。

忽然有人驚呼，伸手指向前方，士捷呆住了，他看見十多年來從未出現過的景象，１０１頂端竟然有陽光撒落。

史上第一次，幽浮移動了。空氣中的巨大轟鳴原來是氣流的擾動聲。三分鐘後，101完全沐浴在日光之中，每一片玻璃都反射著燦亮光芒，美得像一場夢，一場許多臺北人都已遺忘的鄉愁之夢。幽浮在十四分鐘後來到中正區和萬華區上方，停下不動了。

這一幕被直播完整錄下，最多同時有國內外一億多人在線觀看。昌哥要士捷在影片底下附上一條連結，點進去是一場還沒開始的記者會，畫面上顯示著倒數時間。

晚上士捷在家和琪琪一起看記者會。會上出現三名科學家，他們代表一個由多所大學學者組成的民間研究團體，正是他們發現異常磁場空間中的懸浮能力。他們表示異常磁場其實並非異常，而是外星人試圖利用電磁波溝通造成的結果。他們已和外星人來回互動了三個月，一開始都在試圖建立溝通語彙，最後終於讓外星人明白他們的需求，成功使幽浮移動位置。

士捷無比振奮，人類終於和外星文明展開了交流。但他卻發現身旁的琪琪不發一語，悶悶不樂。

三天後，廖佩華以72%得票數當選總統。這天琪琪很晚還沒到家，士捷一直聯絡不上，最後他接到醫院的電話。

琪琪在開票現場被興奮的群眾撞倒，下體出血送醫。醫生說媽媽沒大礙，但孩子沒有保住。

士捷進到病房，床上的琪琪雙手放在肚子上，臉龐蒼白沒有血色，怔怔望著窗外。外頭天空黑得沒有深淺濃暗，是剛移來中正區的幽浮。

「好黑噢……」琪琪喃喃說。

士捷心疼看著琪琪，發現她的雙眼比幽浮還要黑，沒有一點光明。

3

士捷坐在診所候診區，不時看錶。護理師說三點半前人還沒到，今天就無法看診，醫生晚點還有別的病人。

士捷打給琪琪，她沒接。

三點二十五分，士捷跟護理師道歉，離開診所。他知道琪琪今天不會來了。

這間婦產科診所是琪琪找的。她在大選之夜流產，之後幾年始終沒有懷上孕。士捷原本並不急，是琪琪要求才陪她一起來看診。怎麼知道看了三個月後，琪琪就加入「地人守」，全名「地球暨人類守護組織」。

士捷還記得琪琪第一次碰見地人守領導康明正的那晚。那是一場由法國酒莊舉辦的私人品酒會，與會都是政商學界菁英。士捷從昌哥那裡拿到邀請函，帶琪琪一起去，康明正就坐在他們對面。

康明正戴黑框眼鏡，一頭長髮灰白，皮膚卻明亮有彈性，讓人猜不透年齡。可能才四十多歲，也可能超過六十。

他自我介紹做進出口貿易，除此之外不太說話，整場晚宴都安靜喝酒。是後來琪琪跟士捷說他才想起來，康明正發表了一段關於葡萄酒風土的談話。他說幽浮正一年年影響地球環境，不只是臺北和臺灣，就連半個地球外的歐洲大陸也發生氣候改變，因此這酒要珍惜地喝，有些味道之後就會永遠消失了。

琪琪因為那段話，餐後去找康明正聊天。士捷不清楚他們究竟聊了些什麼，只知道康明正邀請他們夫妻去參加他發起的幽浮研討會。那天士捷臨時有事無法前往，琪琪一個人去。回來後她雙眼發光，不斷跟士捷讚嘆她在研討會見到聽到的事物。

此刻士捷不用問就知道，琪琪一定正在地人守會堂，康明正八成也在那裡。士捷知道琪琪絕不會出軌，但他依然充滿嫉妒。他忍住去會堂找琪琪的衝動，開車前往電視台。

士捷一次錄了三集節目，一直錄到九點才終於結束。當初他因為頻道大紅被找去談話節目聊幽浮，由於論述清晰有條理，人又好笑幽默，深受觀眾喜愛信賴，慢慢成為好幾個談話節目的固定班底。

最近節目都在聊即將到來的總統大選，選舉是臺灣人最愛的娛樂，比任何綜藝節目都要好看。士捷對上次大選的印象還歷歷在目，怎麼知道一下又過了四年。工作室的頻道仍舊繼續經營，但士捷已退下第一線，大部分工作都交給胖凱處理，他只負責確認最終企劃。

士捷在電視台走廊碰到昌哥。他們已許久沒見了，昌哥現在是總統府發言人，比士捷更常出現在電視上。士捷發現昌哥的白髮多了不少，但他的笑容依舊充滿誠懇的感染力，沒有人比他更適合這個位置。

士捷還記得第一次知道昌哥成為總統府發言人的那一刻，他過去的所有懷疑都成為確信：昌哥一開始就知道飄浮能力和電磁波溝通的事，一切都在他的計畫之中，或者該這麼說，在W黨的計畫之中。

士捷知道自己被利用了，但他並沒有太多不滿。就算當初昌哥沒找到他，也會找上其他人。至少這份工作讓他現在有不錯收入，能養家買房子。

當初是昌哥私下告訴士捷幽浮未來將每半年移動一次位置，士捷才可以在中正區房價最低點時進場。當公眾慢慢知曉幽浮的移動規律後，臺北的房價就沒有再跌過了。

由於幽浮輪流移往臺北各地，科學家們在許多地點都發現新的磁場異常空間。中研院特別設置獨立研究中心，短短幾年研究中心底下就多了十幾個應用子部門，包括半導體、農業、氣象、醫療、軍事、能源等，幾乎每個禮拜都有新專利被研發出來，應用在各種產業，帶動整體經濟發展。

這幾年，社會大眾對幽浮的好感和信賴逐漸上升。人民的生活越來越好，每個人都低頭汲汲營生，不願再花時間抬頭擔心幽浮。一開始還有人民團體會用肉身圍住砲台，阻止政府拆除，但現在已沒人會抗議政府削減防空預算，反而開始檢討過去十幾年的國防策略是否嚴重拖累臺灣發展。

雖然規律移動的幽浮把日光還給臺北，但人類和外星人遲遲沒有進一步接觸。電磁波的溝通遇到了阻礙，負責此計畫的首席科學家承認他們已許久沒有進展，從幽浮接收到的回應都是亂碼難以破譯，但他承諾他們會繼續努力，相信有朝一日一定能和外星人面對面對話。

沒有人懷疑他的話。幽浮十分安全，外星人肯定非常友善，所有人都如此深信，只除了一小群陰謀論者。

這群人相信幽浮做的一切——不管是移動位置，或是有意無意製造的異常磁場空間——都只是為了讓人類放下敵意。外星人有更長遠的計畫，那就是徹底滅絕人類，奪取地球。

這群陰謀論者中最知名的代表，就是康明正和地人守，說他是廖佩華政府的眼中釘也不為過。所以士捷可以理解為何昌哥每次見到他都要提醒他一次，別找康明正來頻道受訪。

「放心吧昌哥，就算找了他也不會來。」士捷笑著說。

工作室頻道因為當年幽浮移動直播事件，在大眾眼中染上濃濃的W黨色彩。士捷一直想擺脫這個定位，所以這些年他都刻意保持頻道內容中立，也因為這樣，他的確曾考慮過訪問地人守和康明正。

「別找就對了。」昌哥微笑拍拍士捷，似乎早已看穿他的想法。

士捷回到家，發現琪琪已經回來了。

「妳今天沒去診所。」

「今天會堂臨時有事要討論，他們又找到新的線索，這次是真的了，你還記得我上次跟你提過的白手套嗎——」

士捷望著琪琪激動說話的臉龐，卻一個字也沒聽進去。他早就聽過了，永遠是那些陳腔濫調：地人守發現幽浮疑似釋放不明病菌或輻射物質、發現科學家疑似造假電磁波溝通紀錄、發現W黨之中疑似有外星人的間諜。每件事都沒有證據，但琪琪依然深信不疑。她是康明正最忠實的信徒，是地人守最虔誠的傳教者。她深信W黨欺騙了臺灣人民，深信人類的存亡危機就在眼前，她甚至曾暗示士捷是這一切的幫凶，讓士捷痛心不已。

但士捷最痛心的還是他失去了曾經深愛的女孩，那個聰明獨立，笑聲比太陽還亮的女孩，彷彿被上空那片深不見底的黑暗吞噬了，一點一滴消失不見。

琪琪忽然打住，驚訝看著士捷。士捷發現自己不知何時流下眼淚，他很快抹去淚水。

「你別這樣……我真的不是故意的，我下次會準時去看診……」

「不用了，我其實不想要孩子，我是為了妳才去的……妳老實跟我說，妳還想要孩子嗎？」

琪琪沉默。

「我們不要再去看診了，不只如此，我也不要再去上節目，不要再管頻道的事，我什麼都不要了，我只要妳，就算幽浮明天就掉下來，我也不在乎，我只要妳在我身邊，妳回來好不好？」

士捷說到哽咽，琪琪眼中也浮現淚花。

「我們婚禮後都沒去蜜月，妳不是一直說想去義大利嗎？我們出發吧，把一切丟下，把整個世界都丟下，就我跟妳兩個人，好不好？」

琪琪答應了。

士捷隔天把事情都交代完畢，打電話跟節目製作人道歉，晚上就和琪琪一起搭上飛往羅馬的班機。

士捷從飛機窗口俯瞰臺北盆地上的黑色幽浮，像是有人用黑色簽字筆塗掉一部分的臺北。那塊黑色斑點越來越小，越來越遠，最後終於消失在雲層之下。

羅馬的藍天清澈透明，無論走到哪裡，無論往哪個方向看去，天空都沒有一點陰影。士捷感覺整個人輕鬆許多，壓在心頭的黑影彷彿也一起消失了。

士捷和琪琪度過他們婚後最快樂幸福的一段時光。他們一起去特雷維噴泉丟硬幣許願，在威尼斯聖馬可廣場喝咖啡，在佛羅倫斯聖母百花教堂點蠟燭。琪琪的笑聲一天天回來了，他們又像過去一樣親密做愛，聊彼此的夢想和恐懼。琪琪提議士捷趁這次機會，好好把擱置多年的科幻電影劇本完成。士捷看著琪琪沒有陰影的燦爛笑容，第一次感覺夢想這麼近。他答應琪琪年底會寫完初稿。

他們把整個義大利都玩遍了。結束後又往北去到法國，然後一路往南玩到西班牙。每次琪琪問士捷，他們真的可以這樣一直玩下去嗎。士捷總是給她肯定的答案。但琪琪並不知道，實情是士捷不敢回臺北，不敢回去面對那始終壓在頭頂的無邊黑暗。

但他無法永遠逃避下去。他們到里斯本的第一晚，士捷發現琪琪變得有些奇怪，吃飯時心不在焉，跟她說話常沒聽見。半夜她在床上翻來覆去，似乎無法入睡。

隔天清晨，琪琪搖醒士捷，說她要回臺北。

琪琪不願告訴士捷原因，只說這件事非常重要，她一定要回去。

「是不是跟地人守有關？」

琪琪沉默，不論士捷怎麼問都不再說一個字。士捷生氣甩門離開，一個人在里斯本街頭亂走，等他終於平復心情回到旅館時，琪琪已經走了。

之後好幾年，士捷總是在午夜夢迴看見那天清晨的里斯本，商店的招牌、路人的臉、街道的氣味，每一個細節都清清楚楚，他越想忘記就越是忘不了。

那天士捷搭下一班班機回臺北。他回到家沒看到琪琪，隔天也一樣，琪琪沒有回家，不知道去了哪裡。

士捷去會堂找人。康明正說他已許久沒有見到琪琪，士捷知道他在說謊，他想一拳砸爛康明正的黑框眼鏡，但他只是默默轉身離開。

那個禮拜六，士捷感覺胸口很悶，眼皮一直跳。他有不好的預感。他正打算去警局報案失蹤，就看到琪琪的新聞。

琪琪的屍體在一處高樓樓頂被發現，全身每一塊骨頭都碎了。他們說琪琪是摔死的，從兩千多公尺高的地方摔下來。

他們說琪琪是從幽浮摔下來的。

那一刻，士捷感覺黑色天空朝他壓下來，無盡的黑暗籠罩他，黑暗一點一滴滲進他的身體，他的瞳孔，他的靈魂。

4

門鈴激烈響了許久，門外有人在吼，士捷都沒有聽見。

大門被鎖匠打開，昌哥進來看到床上的士捷，鬆了一口氣。這陣子他都聯絡不上士捷，還以為他出事了。昌哥跟警察和鎖匠道謝，送他們出去。

昌哥回到房裡，在床邊坐下，靜靜看著士捷。

不仔細觀察真的會以為士捷死了。他臉頰凹陷，雙眼空洞無神，整個人癱在床上動也不動。

「琪琪不會想看到你這個樣子。」

士捷眼睛眨了眨，眼瞳深處短暫浮出光芒，轉瞬又消逝了。

「琪琪死了……」

「可是你還活著，你不想知道真相嗎？」

「根本就沒有真相……」士捷喃喃說。琪琪過世後，他發瘋似地尋找真相，閱讀所有報導，透過關係詢問所有線索，但越調查真相就越模糊，彷彿迷失在濃濃的黑暗之中。

琪琪身上殘留的輻射不屬於臺北任何地方，只有一個可能，琪琪接觸過幽浮。但沒人知道琪琪究竟如何上去兩千多公尺的高空。網上出現各種謠言：有人指證歷歷那晚有一台小型飛碟掠過夜空，裡頭肯定載著琪琪。有人說琪琪是被幽浮射出的牽引光束吸上去，就像電影演的那樣。有人說外星人可以摺疊空間，琪琪只要在家裡客廳跨出一步就可以登上幽浮。

政府集合各部門成立專案小組，但除了疑點重重的法醫報告外，沒有半點進展。所有關於案件的疑問，最後都只得到兩句話：事關國安機密，偵查不公開。

琪琪過世一週後，康明正終於現身，開了一場直播記者會。鏡頭前康明正悲痛哀悼琪琪的死，說他失去最好的朋友，地人守也失去最棒的夥伴。他拿出一疊證據，表示琪琪生前一直遭受來源不明的生命威脅，要她停止醜化W黨，停止散布幽浮對人類有威脅的敵意言論，但她始終沒有屈服，仍做應做之事。康明正說到失控痛哭，暈厥送醫，只好提前結束直播。

那場記者會徹底炸開網上的激憤民意，許多人都相信琪琪是因為立場不合而被殘忍殺害，凶手可能是W黨，可能是外星人，甚至可能是W黨加上外星人。T黨總統候選人許遠也出面譴責，要求廖佩華給大眾一個真相。儘管發言人昌哥嚴正否認，指出康明正握有的證據缺乏可信度，仍無法撲滅人們的熊熊怒火。

那個週日，地人守號召全民穿白衣上街遊行，象徵真相大白的訴求。他們從外交部幽浮對策委員會開始遊行，一路走到凱達格蘭大道的總統府。參與人數超過三十萬，全臺各縣市都有大大小小的串聯遊行。人們舉著琪琪的照片，拿著「幽浮禁止」的標牌，呼喊著真相。聲響一路傳進黑色夜空，震動著始終沉默的巨大幽浮。

總統候選人許遠和民眾一起遊行靜坐。傅力民上台呼籲政府應公開偵查報告，以及和幽浮交流的所有內容，人民有權知道真相，有權知道政府有沒有賣臺。這晚很多人都上台說了話，有立委也有學生，但卻少了最重要的一個人，少了士捷。

他根本不知道有遊行。那天晚上他爛醉如泥，前一天也是，之後的一個月都是。士捷喝到眼前一片黑暗，但他還是繼續喝，因為他無法清醒面對琪琪不在的事實。

廖政府沒有回應遊行的訴求，琪琪的死仍舊是一樁懸案。案件一天沒破，人民對幽浮的不信任感就像T黨和許遠的支持率，一天天持續升高。所以昌哥來了，他需要士捷。

「我可以告訴你真相。」昌哥從包包裡拿出三大疊文件，沉沉地放到床上。「琪琪的完整偵查報告。」

士捷盯著報告沒有動作，彷彿那是什麼不祥之物。

「琪琪的確是被害死的，但不是W黨，也不是外星人。」

昌哥翻開報告，可以看見好幾張模糊的連續偷拍照片：午夜街頭，康明正和琪琪在一台黑車旁擁抱道別，接著琪琪上車離去。

「我們調閱監視攝影機追蹤黑車去向，發現這台車開到圓山一處停機場，那裡原本有登記一台R-22直升機，現在卻不知去向，我們懷疑被地人守處理掉了。」

士捷緩緩坐起來。昌哥繼續翻閱報告，一系列證物照片拍下支離破碎的炸彈。

「我們在琪琪墜落處方圓三百公尺內找到許多碎裂的炸彈殘骸，上頭有琪琪的指紋，推測是她高速摔落空中時一起掉下來的。」

士捷看著照片，琪琪的聲音出現在腦海：這件事非常重要，我一定要回去。

「我們研判地人守交付她一項破壞幽浮的任務，她帶著炸彈飛向幽浮，最後卻……」

昌哥沒有繼續說下去。

士捷彷彿又回到里斯本的清晨，他被琪琪搖醒，琪琪的臉龐一片模糊，怎麼看都看不清，只有聲音縈繞不去：這件事非常重要，我一定要回去。

「她也可能是被外星人害死的……」士捷喃喃說，「外星人發現她要炸毀幽浮……」

昌哥搖頭，「我們調查過炸彈殘骸，那些炸彈根本無法引爆。」

士捷驚訝看著昌哥。

「從一開始，地人守就不指望琪琪成功炸毀幽浮，他們需要琪琪失敗，需要一場真相不明的死亡來激化人民對幽浮的仇恨，還有對政府的不信任。康明正一直都是T黨的地下金主，他創辦地人守不是為了地球和人類，是為了黨和自己。琪琪被他利用了。」

士捷腦中忽然閃過另一個可能，但他很快消除這念頭。他不相信琪琪早就知情一切。她也和大眾一樣，是被欺騙的受害者。

「既然你們都查清楚了，為什麼不公諸於世？」

「沒用的，大眾的情緒已經被點燃了，人人都相信自己站在正義這一邊，沒有任何證據可以打破如此堅固的信仰。我們現在只能靠你了，只有你能幫琪琪討回公道。」

士捷不明白討回公道是什麼意思，但他還是答應了。此刻的他也沒有其他事能為琪琪做了。

士捷希望昌哥留下偵查報告，他想好好讀一讀。昌哥微笑道歉，說這是國安機密，他今天帶出來已經違反了規定。

這天士捷很早就醒了。有那麼一瞬間，他以為琪琪就躺在他身邊。昌哥派車來接他，車上有兩名維安人員，就連士捷下車買飲料也要跟著。士捷沒有感覺受到保護，反而更像是監視。

今天是大選前一天，廖佩華的選前之夜在凱達格蘭大道舉行，許遠的選前之夜辦在不遠處的自由廣場，兩地立場截然不同，但都同樣被幽浮籠罩。士捷會在壓軸時刻站上凱達格蘭的舞台，用電磁波轉譯方式和幽浮即時溝通。這是史上第一次人類和外星人的公開對話。

昌哥說這件事必須由士捷來做。地人守和T黨利用了琪琪的死，只有士捷能扭轉這一切。士捷以為電磁波溝通已經失效了，昌哥要士捷別擔心，他們會想辦法搞定。

此刻士捷來到會場，工作人員要士捷先彩排。士捷有些困惑，他拿著麥克風，仰頭望著上方黑壓壓的幽浮，不確定自己在做什麼。

「你好。」士捷說。

五秒後，大螢幕上出現外星人的回應，低沉的合成語音緩緩唸出螢幕上的中文字，從舞台兩側的音響傳出來，大大震動著空氣，彷彿外星人真的開口了。

「你——好。」

士捷忽然一陣激動，他感覺黑色天空後方有一對巨大的眼睛正望著他，準備解答他和世界的所有疑問。士捷脫口而出：「告訴我孫琪琪死亡的真相。」

大螢幕始終沒有回應，士捷不放棄繼續追問。幾名工作人員跑到士捷身旁，半勸半拉將他帶到後台的小房間，昌哥在裡頭等他。

昌哥希望士捷能照稿唸。士捷不理解為何不能跟外星人要一個真相。昌哥耐心解釋，臉上始終掛著充滿說服力的微笑。士捷最後終於明白了。

電磁波轉譯從頭到尾就是一場騙局，人類根本無法和外星人溝通。

士捷震驚無法置信，「我們不是成功說服幽浮移動了嗎？」

昌哥解釋科學家發現幽浮中心點正下方有一個全臺功率最高的基地台，就在科技大樓站旁邊。他們懷疑幽浮長期滯留此地，是因為基地台可以提供幽浮運行的必要能量。後來他們把臺大醫院旁的基地台功率調為最高，幽浮果然移動去中正區。

「所以打從一開始，我們就沒跟外星人有過任何接觸？」

士捷失神獃在位子上，不知道過了多久，他才發現昌哥離開了，房間只剩下他一個人。他走出房間，聽見會場傳來人們的歡呼鼓掌喇叭聲，選前之夜已經開始了。

士捷碰到下午送他過來的維安，他連看都沒看士捷一眼。士捷知道維安不會攔住他，因為他對昌哥已經沒有半點用處了。

他緩緩走出後台，離開會場。空氣中傳來主持人的模糊嗓音，她預告晚點總統會和外星人進行人類史上第一次公開對話。士捷一直走，沒有停下腳步，路上都是要前往選前之夜的民眾，有W黨的支持者，也有T黨的支持者，他們看起來都神采奕奕，臉龐發光，相信自己的決定無比正確，對未來充滿無限希望。

士捷只覺得好累好累，他不知道要去哪裡，但他還是一直走。無論他走到何處，天都是這麼黑，彷彿永遠都走不出幽浮投下的暗影。

忽然士捷停下腳步，眼前的建築異常眼熟，他想起來了，這是他初來臺北的客運站。

士捷仰起頭，像當年一樣，靜靜看著頭頂的幽浮。他想起他始終沒有完成的科幻劇本，想起他和琪琪的初次相遇，想起好多好多事情。他閉上眼，思緒融進黑暗之中，黑暗溫暖地包圍他，時間和空間都消失了，只剩下黑暗。

忽然之間，士捷感覺周遭好安靜，安靜到不可思議。

他睜開眼，發現路上的行人都停下腳步，車輛停在馬路中央，人們從車裡出來，每個人都仰頭望著天空。整個城市彷彿瞬間消音了，就連最熱鬧的選前之夜會場也陷入寂靜，台上台下所有人都沉默望著上空，沒有人移動，甚至沒有人呼吸，每一雙眼睛都在空中無聲地搜尋。

幽浮消失了。

幽浮並非移動去別的區域，而是瞬間消失了，就像當年一樣，幽浮來的時候沒有預兆，走的時候也沒有道別。幕僚很快跟總統確認這個事實，雷達顯示臺北上空空無一物。沒多久許遠也收到同樣消息。兩位總統候選人在彼此的大選舞台上，面對台下無數支持者，忽然都失去了語言，所有口號和政見都隨著幽浮的離去喪失了意義。他們怔怔站在麥克風前，半開著口，說不出一個字。

台下支持者搖旗的手都放下來了，人們左右四顧，目光呆滯困惑，不明白自己為何聚集於此。籠罩一切的黑暗忽然消失，人們才發現原來那裡什麼都沒有，才意識到自己信仰的是一片空無。一位支持者轉身離開會場，然後是第二位、第三位……人們安靜失落地離去，和來時不同，他們臉上充滿了對明天的疑問，他們第一次站在未知的十字路口，不知該何去何從。

四年一度的派對還沒開始就結束了。所有人都低頭默默回家，只有客運站外的士捷仍久久看著天空。

夜空依舊濃黑昏暗，和幽浮消失前沒有絲毫不同。晚風冰涼吹過，他像一尊雕像動也不動，沒有人注意到他。雲層後方不知何時浮出星星，一點一點閃爍著微光，像極了琪琪的眼睛。

在夜色孤寂的黑影中，士捷獨自一人熱淚盈眶。

4點48分的星際列車

「4點48分。」獨眼男又重複了一次，「你一定要趕上那班車。」

我剛從黑屋出來就遇到這傢伙，他渾身透著一股腐敗氣味，皮膚上的藍色幾乎跟我一樣稀薄，閉上的右眼皮噁心凹陷，僅餘的左眼牢牢盯著我，要我去搭4點48分的星際列車。

否則人類會滅亡。

獨眼男就是這樣說的，一字不差。

問題是，人類早就已經滅亡了。

最後一名純種人類在一百多年前就已經死了，位元海上仍可以找到許多關於他的紀錄。如果我沒記錯，他叫亞當，和古老神話裡的第一位人類同名，有夠諷刺。

所以我完全不相信獨眼男說的任何一個字，他是個瘋子，毫無疑問。

瘋子在我們這一區並不稀奇，沒有瘋掉反而才奇怪，畢竟我們這區住的全是污染指數前百分之一的人口。毒蟲、妓女、小偷、殺人犯，每個人被生活搞瘋的程度都不一樣，但他們並不是最瘋的，最瘋的永遠是那群盜礦的人。他們甘冒意識凌遲的風險，進入意識零點盜礦，只要還有一點點理智的人都幹不出這種事。

他們之中有些人成功了，帶著他們偷到的東西離開這一區，但大部分人都沒有從意識零點回來。

就像我爸。

我並不怪他，他已經歷了太多，畢竟他是我見過污染指數最高的人。拜他所賜，我一眼就可以看出他人眼瞳深處醞釀的瘋狂，而獨眼男比我這五年遇過的任何人都還要瘋。

我沒有理他，繼續往前走。

獨眼男追上來說：「沒時間了，你現在就要去車站。」

「少煩我。」

「我不是瘋子。」

「滾開！」

「我瘋過一次，」獨眼男說，「但我從意識零點回來了。」

我停下腳步，第一次好好打量獨眼男。我從沒有見過盜礦回來的人，因為他們一得手就離開了，任何有能力離開的人都不會想在這個狗屎地方多留一秒鐘。

「不可能，那你為什麼還在這裡？」

獨眼男左右轉頭看了看，靠近一步，壓低聲音說：「我偷到的東西使我必須留下來。」

我不得不承認我有些好奇，他們把駭入意識零點的犯罪行為稱作盜礦，但意識零點裡頭當然沒有礦，那裡有的東西是無形的。據說每個人偷回來的東西都不一樣，但沒有人會告訴其他人，他們會將那當成人生中最大的祕密，死也不肯透露。

我吞了口口水，望進獨眼男閃閃發亮的獨眼。

「你偷到什麼？」

「數學。」

我笑了。

我不知道意識零點有什麼，但絕對不可能是數學。那裡有的東西可以讓一個社會底層的渣滓獲得新的人生，活得像一個國王，所以絕對不可能是什麼狗屁數學。

獨眼男看著我的笑臉，也咧開嘴笑了。

「數學是宇宙運行的基礎，大到宇宙擴張的方式，小到你回家的路線，都可以簡化成有限的方程式，換句話說，數學可以預測未來。」

他真的瘋了。

我撞開他繼續走，我得在日落前趕到南四區，這次送貨要是再遲到，老大肯定會殺了我。

我突然被硬生生拉住，喀啦一聲，我的手腕上多了一樣東西。

一只破舊的合金手環。

手環彈出顯像時間，數字逐漸減少，時間正在倒數。

「你只剩下五十七分三十九秒。」獨眼男說。

我試圖摘下手環，但它的開關磁極已經鎖死。

「把這垃圾拿走！」

獨眼男沒有理會我，反而拿出另一只破爛手環，手環顯像時間為十秒，然後是九秒，八秒……

獨眼男把手環扔進路旁廢棄集能廠的破窗裡，然後轉頭看我，咧開微笑。

一聲轟然巨響，我嚇得抱頭蹲在地上，衝擊波幾乎要將我推倒，金屬碎粒像大雨傾盆落下，獨眼男站著動也不動，彷彿早就知道自己會毫髮無傷。

三層樓的集能廠消失了，被爆炸夷為平地。

「你只剩下五十七分十八秒。」獨眼男笑著說。

✦ ✦ ✦

我沒有選擇。

如果我沒有搭上4點48分的列車，手環就會爆炸，只有搭上列車才能讓手環解除倒數模式，至少獨眼男是這樣保證的。

他還保證就算我痛扁他一頓，用上我所知道最殘酷的折磨手段，他也不可能幫我解除設定拿下手環，因為他辦不到，只有成功搭上列車，才可以保住我的小命。

「別擔心，我會幫你。」獨眼男微笑。

我知道這沒有意義，但我還是揍了他，他笑的方式好像這他媽的炸彈手環不是他扣上去的一樣。

「你只剩下五十四分鐘了。」獨眼男擦去嘴角的血。

「閉嘴！」我給他迎面一拳。

「我不介意你揍我，但我們該上路了。」獨眼男的鼻血流了滿臉。

「幹！」我抱頭大吼，我不知道該怎麼辦。

「我們真的該走了。」獨眼男捏著鼻子站起來。

「去你媽的，我們不可能在五十四分鐘內趕到車站，就是不可能，車站在中央區，你知道那有多遠嗎！」

「我們搭飛行艇過去。」

「你的污染指數是多少？60？70？看看我們的皮膚，沒有人會載我們！」

「我沒有說要叫飛行艇，我是要你去偷一台，就像你之前幹過的一樣。」

「你怎麼知道……」我驚訝看著獨眼男。

「我是一名數學家，我可以把你的一生寫成三百多條方程式，我知道你所有事情，我比你還了解你自己，皮皮。」

我愣住，顫慄爬滿全身，自從父親離開後，世上就沒人知道我曾有過這個小名了。

「沒時間發呆了，你偷一輛飛行艇要多久？」

我沒有沉默太久。

「不用一分鐘。」

現在飛行艇的防盜功能就像屎，但這是有原因的，只要非登記駕駛一踏進駕駛艙，他的全像掃描就會瞬間傳送到秩序局，被逮到只是時間問題而已。

蹲完五年的星際監獄後，我發誓再也不偷該死的飛行艇，但跟炸成碎肉比起來，五年的牢飯似乎沒有那麼糟。

我只花了三十七秒就坐進駕駛艙，我幫獨眼男開門。

「飛行艇 RX-293A 駕駛注意，請於五秒內進行生體驗證——」

我切斷秩序局的連線，接下來他們會開始朗讀法條和我的權利，上次我已經經歷過這一段了。

我不是沒有想過通報，但以我可悲的污染指數，我的生命價值和一隻寵物毛鯨差不了多少，秩序委員非常有可能以反秩序條例就地終結我和獨眼男，然後將手環扔進微型黑洞。

我沒有選擇，現在我能擁有的最好結局就是活著去吃牢飯。

我設定好目的地，飛行艇開始加速，我打開全景監視器，調成半自動巡航，只要秩序委員一出現，我就可以立刻接手駕駛。

我查看飛行艇的登記資料，擁有者的頭像顯影在我面前，他的皮膚不像七月的天空那麼藍，但也夠藍了。不用往下滑我就知道他的通行憑證肯定能進入中央區，至少不需要擔心路上的天眼掃描。

我關掉顯影，轉頭看向獨眼男，我還是非常不爽他，但我不再那麼肯定他是瘋子了。

「再說一次，為何我要趕上那班列車？」

「不然人類會滅亡。」

「但人類早就已經滅亡了啊。」

我不是人類，不太算，我是人類和藍人的混血。

人類剛開始拓展星際旅行沒多久，藍人就出現了。他們來自另一顆很像地球的行星，他們的外表也和人類差不多，唯一的差別只有他們的皮膚是寶藍色。

人類很快就習慣了藍人的膚色，敞開雙臂擁抱這個與人類極為相似的外星種族。在藍人的幫助下，人類的科技突飛猛進，越來越多藍人在地球定居，甚至和人類談起跨種族戀愛，結婚生子。那些混血小孩靠著藍人家庭背景，輕易在政界和商界佔據重要位置，泛藍化很快成為席捲人類菁英階級的社會現象。

不過才短短十年，人類看待藍色皮膚的態度就截然不同。藍膚成為地位和財富的象徵，也代表絕對的美，許多人不惜進行危險的基因改造，只為了讓皮膚透出一點點藍色螢光。

藍膚人可以免費入場夜店，在餐廳和球場擁有專屬包廂，享受各種合法與不合法的權利。某些極高端的上流場合，藍膚人甚至和人類使用不同廁所。許多人類花費天價，只為了弄到藍人的精子或卵子，畢竟沒有比生一個混血小孩更快速有效的階級跳板。

這波藍色至上風潮在H病爆發後來到最高峰。

一家藥廠試圖研發無副作用改變膚色的噴劑，沒想到意外培養出致命病毒，感染後十八個小時內會器官衰竭死亡，不僅無藥可治，感染者接觸過的物品還會保有傳染性長達三個月，在防治上極為困難。

最關鍵的一點是，只有純種人類會死於H病病毒，混血人感染後只會輕度感冒，藍人則完全不受影響。這也是H病名稱的由來，H代表Homo Sapiens，智人。

人類的社會地位因此降到前所未有的低點，成為老鼠蟑螂般的不潔之物。許多收容人類的設施與其說是醫院，更像是集中營。不少人類專家都相信這只是過渡時期，H病終會得到控制，解藥會出現，疫苗會施打，歧視會消失，但直到最後一名純種人類亞當過世前，H病的解藥都沒有研發出來。

沒有了人類，社會還是照常運轉，藍人依舊坐穩金字塔頂端，剩下的則是不同程度的混血人，膚色越藍，地位就越高。健康管理局的報告指出人類基因佔比百分之七十以上的混血人有極高比例是H病帶原者，可能產生突變病毒，造成新的種族滅絕，因此被歸為污染人口。

污染人口的基因測定值和病毒量會被轉換成百分數據的污染指數，指數最高的那群人幾乎沒有任何公民權利，只能居住在特定區域以集中管理，避免爆發新的疫情，而那特定區域就是我住了三十四年的狗屎地方。

我從來沒有離開這裡一步，我清楚明白我的未來只有兩個可能，瘋掉然後進入意識零點，在裡頭結束我的一生，或是幸運偷到某樣東西回來，永遠離開這裡。

而現在我面前就有一位自稱去過意識零點的混血人。

我無比希望他不只是一個瘋子。

「人類早就被H病殺光了，難道不是嗎？」我激動看著獨眼男。

「是，也不是。」

「什麼意思？」

「人類的確都死光了，但不是因為H病，而是因為藍人。H病是藍人製造出來的種族清洗武器，從一開始就沒有什麼藥廠研發失誤，那只是用來掩蓋真相的說法。」

「怎麼可能？」我想起那場世紀審判，藥廠從上到下一百多人全被判刑，其中有十七個無期徒刑，甚至還有五個意識凌遲。

「一切都已經被數學證明了，藍人從一開始就不是來地球交朋友，而是想殖民人類，奪取地球的天然資源。當他們發現不斷增長的人類只會加速地球滅亡後，就決定展開種族清洗計畫。傳染疾病比集中營毒氣更快速有效，而且不存在歧視問題，可以把罪行推給大自然，一切都是天選。所謂的污染指數也是屁話，是藍人用來控制混血人的手段。污染人口是為了取代原本在最底層的純種人類，只要知道還有人比自己低下，剩下的混血人就不會爆發革命。」

我張著嘴，說不出一句話，獨眼男口中的一切都太瘋狂了。但就算這些陰謀論全都為真，還是無法解釋他的行為。

「但……不管怎麼樣，人類都滅亡了，無論我趕不趕得上列車都無法改變這個事實啊。」

「你知道連續殺人魔森田尼可拉斯嗎？」

艙內突然響起巨大警鈴，所有照明瞬間轉為紅色，我看著儀表顯像不敢置信，這台飛行艇被鎖定了。

「小心！」

獨眼男大叫，撲過來壓下控制桿，飛行艇瞬間向下俯衝，我眼前一陣天旋地轉，一枚電光彈貼著飛行艇呼嘯而過，差一點就射中我們。

獨眼男操縱飛行艇鑽進黑巷，警鈴消失了，艙內照明恢復正常。

「我不懂，秩序委員竟然沒警告就開火……」我臉色死白，這完全不符合正常程序。

「他們不需要警告，我是ＳＳＳ級罪犯。」獨眼男說。

「你是什——」我突然打住，記起了一件事，任何在意識零點的犯罪行為都是最高等級。

「換你接手。」獨眼男把控制桿推回來，「聽我的指令駕駛，你的成功機率比我高，那裡，從男人的嘴巴開進去。」

「啊？」我愣住，獨眼男手指的地方是覆蓋大樓外牆的顯影廣告，裸身藍膚男人正在展示他的動態腹肌。

「沒時間了，快點！」

「你要我開去撞牆？」我不解大喊。

下個瞬間，黑巷前方出現秩序委員的巡邏艇，刺眼的金色探照光朝我們射來，我煞住飛行艇，一百八十度迴轉。

「不要……」

獨眼男還沒說完，後方又冒出兩台巡邏艇，前後的路都被堵死了，我硬生生扯住轉到一半的飛行艇，眼前是巨大的廣告裸男，他正露出迷人微笑跳舞，下一秒警鈴響起，飛彈襲來！

「媽的！」我前推控制桿，豁出去了，飛行艇加速衝向大樓外牆的男人，他的藍色笑臉越來越大，我咬牙閉上眼……

猛烈震盪衝擊全身，我睜開眼睛，發現自己還活著，飛行艇不偏不倚撞破窗戶飛進大樓——

「柱子！」

我驚險閃過柱子，這層樓已徹底廢棄了，偌大空間除了柱子和灰塵外什麼都沒有。

後方傳來不間斷的射擊聲，巡邏艇正對著外牆瘋狂開火，但他們不敢跟著飛進來，畢竟只要稍微偏一點點，下場就是一團火球。

「從那裡開出去！」獨眼男指向左前方一扇窗戶，同時快速設定新的路線。

我低空飛掠繞過柱子，感覺自己無所不能，準備再衝破窗戶一次，沒想到獨眼男卻突然打開艙門。

「跳艇！」

「什麼？」

獨眼男轉身跳出飛行艇，我不敢置信，轉頭看見他在地上翻滾，我轉回來，窗戶就在眼前了。

「媽的！」

我推開艙門跳出去，整個人重重摔在地上，一路滾到撞上柱子才停下來。窗戶就在這時爆裂，飛行艇像離開籠子的鳥兒衝了出去，瞬間就消失了。

我趴在地上，灰頭土臉，身上多處擦傷，沒有一個地方不痛，獨眼男跑過來扶起我。

「飛行艇的目的地設在西區碼頭，可以幫我們引開巡邏艇，爭取一些時間。」獨眼男說，「抱歉我沒有提早告訴你，這計畫也是剛剛才算出來的，數學中有些變數要到最後一刻才能確定。」

外頭的巡邏艇停火飛走，大樓瞬間安靜下來。

「我們該走了，很快就會有調查委員過來封鎖現場。」獨眼男語氣急迫。

我後腰痛得要死，咬牙跟著獨眼男跑向樓梯口。

「我聽過森田尼可拉斯，他怎麼了？」

「他在殺人罪行被發現前，是一所三流大學的物理教授，他曾發表過一篇動態時間假說，沒有在學術界引起任何迴響，但我已經證明了他的假說完全正確。整條時間線都是動態的，持續在變化，未來發生的事也可能影響過去，改變歷史。」

「怎麼可能？」

「你知道蟲洞吧，可以連結兩個時空的偶發通道，由於存在時間極短，人類要穿越蟲洞時空旅行幾乎不可能。但只要有一顆隕石偶然飛進去，抵達過去的時空，再經由蝴蝶效應的放大作用，就有可能改變歷史。」

獨眼男要我加快速度，我們一起衝下樓梯，他邊跑邊說：「經由我反覆驗算後發現，當你今天搭上4點48分的星際列車，就可以藉由蝴蝶效應讓十八年後的某顆隕石穿過蟲洞，墜落在五百多年前的地球，然後改變人類的未來。在新的未來裡，人類不會滅亡，就是這樣。」

我們跑出大樓，獨眼男把我拉進黑巷的陰影裡，示意我保持安靜。

下一秒，一台巨大運輸艇降落在大樓外，走出一整隊調查委員，他們領著機器鑑識狗進入大樓。

等確定所有人都進去後，我和獨眼男離開黑巷，朝車站跑去。獨眼男跑在前頭，我緊緊跟著，距離發車只剩不到十分鐘了，我們還需要橫越兩個街區。

「如果我真的趕上列車改變了過去，我身處的現在會發生什麼事？」

「時間線會重開機，你會活在一個人類沒有滅亡的世界，你不需要測量污染指數，因為H病從沒發生過，而你不會記得重開機前經歷的所有事情。」

「聽起來像科幻小說情節。」

「並不是，光你出生後，時間線因為各種原因已經重開機了十二次。你有體驗過『既視現象』吧，déjà vu，感覺眼前的一切似曾相識，那就是重開機的證明，你其實已經活過那一段，只是你忘了。」

我驚訝地發現，我不再懷疑獨眼男的話了，不只是因為他已經好幾次證明了他能夠預測未來，也是因為我想要相信他，我想要相信真的有一個不存在污染人口的未來。

狂奔中的我激動顫抖，這是有生以來第一次，我的行動可以改變我的人生。

只剩下一個街區了。

沒想到獨眼男突然停下腳步，指向右前方一排藍色基改樹叢。

「有一罐鈾化器被丟在裡頭，應該還有半瓶，你去把它找出來，快點！」

我沒問為什麼就衝到樹叢後方，趴在地上尋找，獨眼男的每個指令都有意義，我只要相信他就好。

我把手伸進樹叢深處摸索，有了，我撈出一罐陳舊的鈾化器，它不知道被扔在這裡多久，商標已褪色到看不清了。

我抓著鈾化器爬出樹叢，一起身就猛地愣住。

一名秩序委員站在高舉雙手的獨眼男面前，手中的電光槍筆直對準獨眼男，感應射線正在進行身分掃描。秩序委員很快就會發現獨眼男是SSS級罪犯，然後開槍終結他。

完了，一切都完了……

我拔腿開始跑。

「報告委員！」

秩序委員一轉頭我就按下鈾化器，透明黏液從極近距離噴進他的眼睛，秩序委員拋下電光槍，摀著被燒灼的雙眼大聲哀號。我將他踹倒在地，用拳頭狠狠重擊他的藍色臉頰，重擊他的藍色鼻子，重擊他的藍色眼窩，我想起被秩序委員終結的媽媽，想起走入意識零點的爸爸，想起我沒有選擇的污染人生，我像頭野獸一樣喘氣，一拳又一拳重重砸進眼前無邊無際的藍。

「皮皮！」

我回過神，發現秩序委員的臉血肉模糊，已經沒有呼吸了。

獨眼男把我從秩序委員身上拖走，「沒時間了，只剩三分鐘！」

獨眼男要我把電光槍留在原地，他說那只會減慢速度。我們一起衝向車站，準確來說，是衝向列車軌道。以我們的污染指數不可能進入車站，只能從軌道外圍想辦法溜進去。

我知道軌道兩側都有合金網牆，但我不知道上頭有通電。

此刻藍色電光在合金網牆上像極光般緩緩流動，美麗卻致命。隔著合金網可以看見4點48分的列車正靜靜停靠在月台旁，等待駛進無垠宇宙。

只剩下最後五十公尺，但我卻無法再前進一步了。

我突然記起一件事，「你還有手環嗎？」

「爆炸會把所有人都引過來。」獨眼男拿出一個裝有液體的小瓶子，仰頭一飲而盡，表情相當痛苦。

「你喝什麼？」

「增加人體電阻的溶劑，但也只能破壞電光七秒，好處是他們要花半小時才能找出問題發生的地點。」

獨眼男用他閃閃發亮的獨眼筆直看著我，咧開微笑。「你一定要趕上那班列車。」

獨眼男轉身朝合金網牆跑去，我的雙腳自己動起來，大步追在他身後，我瞪著他的背影，感覺胸口緊緊的，話語堵在喉頭出不來，只有雙腳沒命似地快步飛奔。

獨眼男撲在合金網牆上，像被吸住般動也不動，藍色電光啪嚓消失了，強烈的焦臭味瀰漫在空氣裡。我加速衝刺，用力踩上獨眼男的背，將他的頭當成跳板，躍上網牆翻過去。

我沒有回頭跟他道別，我眼中只有前方那台列車，我一定要趕上。

手環突然發出「叮」一聲，顯像時間從黑色變成紅色，最後一分鐘了。

我爬上月台，朝最後一節車廂衝過去，月台上一個人都沒有，我沒有多想，車門就在前方敞開著，我只要跳上去，這一切就結束了。

一個黑影突然從車門走出來，我彷彿狠狠撞上一堵牆，整個人往後摔在月台上。

眼前是一名高大魁梧的大總統直屬軍，一塵不染的藍天軍裝我只在新聞裡看到過，而他的皮膚甚至比身上的軍裝還要藍，在陽光下反射著眩眼的飽和亮度。

我這輩子從沒有親眼見過純種藍人，不禁看傻了，他看起來是那麼完美，充滿力量，優雅又性感。

直屬軍抽出電光槍對著我的臉，以悅耳迷人的腔調說：「依據大總統賦予我的權力，我宣布在此終結——」

直屬軍突然打住，壓著耳機聆聽，幾秒後他收起電光槍，把我從地上拎起來，很快搜了我的身。然後像是做夢一樣，我被帶進車廂裡。

我腦袋一片空白，左右站滿了大總統直屬軍隊，面前則坐著藍人的至高領袖，大總統。

「你冒著生命危險來找我，肯定是有話想說吧。」大總統對我露出溫暖的微笑。

我忽然想起什麼低下頭，手環的時間還在倒數，沒有停下來。

原來如此。

我笑了。

從一開始就沒有什麼動態時間假說，沒有什麼阻止人類滅亡，從一開始獨眼男就只有一個目的，暗殺大總統。

剩下五秒。

「不要怕，你說吧。」大總統的嗓音無比溫柔。

三秒。

我看向窗外，一隻藍色烏鴉站在電線上。

下一秒，烏鴉振翅飛去。

✦ ✦ ✦

我看向窗外，一隻黑色烏鴉站在電線上。

下一秒，烏鴉振翅飛去。

不知道為什麼，我感覺這一幕好像以前見過。

突然有騷動傳來。

「怎麼了？」我問。

「報告將軍，一名混血人出現在月台上，正朝列車跑來。」

我示意其他人待著，起身走向車門，才剛踏出車廂，混血人就迎面撞上來，我動也沒動，他則往後摔倒在月台上。

媽的死老鼠。

我看著混血人噁心的藍色皮膚，不用掃描就知道他肯定是污染人口。

混血人呆呆望著我，似乎是看傻了，這也難怪，自從B病殺死最後一位純種藍人後，所有混血人就按照藍人基因佔比分配居住區域，這區住的全是最低賤的污染人口，他這輩子肯定沒見過不帶一點藍色的純潔皮膚吧。

要不是大總統因為公關行程必須短暫停留此處，我一輩子都不會靠近這個狗屎地方。

我掏出電光槍對準混血人眉間。

「依據大總統賦予我的權力，我——」

我打住。

跟老鼠浪費口水幹什麼。

我一槍轟爆那張藍色醜臉，噁心的混濁藍血噴了一地，無頭混血人的四肢微微抽搐。有樣東西吸引了我的注意，他腳踝上箍了一個合金環，我蹲下來仔細看，上頭有數字在倒數。

十七秒，十六秒，十五秒……

我立刻打開一個中型黑洞，把混血人扔進去，卻不小心弄髒了我的純白袖口。媽的，我深呼吸，沒事，清潔部門說藍血不難處理，用純種人類血就可以輕易洗去，不留半點痕跡，晚上記得送洗就好。

我回到列車上，整理一下儀容，然後走到包廂門口，輕輕敲門。

「報告！」

「進來。」

我開門進去，直挺挺站在大總統面前。

大總統關掉公文顯影，「什麼事？」

「剛才我終結了一名試圖接近列車的反秩序混血人，我建議將此區從未來行程中移除。」

「有必要嗎？」

「再小心都不為過。」

「我知道了，那就這樣吧，交給你處理。」

「是。」

「對了，皮爾斯將軍，我有句話一直沒跟你說……」

「是。」

「你做得很好。」

大總統用他閃閃發亮的獨眼筆直看著我，咧開微笑。

後記

我的寫作生涯前四本書都是長篇小說。第四本《我在這首歌的盡頭，等妳》花了整整一年寫完後，我忽然不想再寫長篇小說了。

當時我的創作時間被工作切割得很破碎，體力和專注力也不像年輕時那麼無限，外在內在的所有條件似乎都在問我：何不來寫短篇小說？

短篇小說倚靠靈光和爆發力，最短幾天就可完成，長的頂多一兩個月，寫不好扔掉也不可惜，時間也不算浪費。單篇可以投字數相符的文學獎，集結起來還可以出書，可單兵可團戰，我就這樣欣然投入短篇小說的懷抱。

由於未來計畫出書，短篇小說最好是同樣類型，我一開始便毫無懸念選擇科幻。我喜歡離現實遠一點的故事，可以不受日常生活的重力影響，讓想像力自由飛馳。雖然最終並非每一篇都是嚴格定義的科幻小說，但都是帶有非寫實元素的有趣故事，這點應該不會錯。

最早完成的是二〇一八年的〈最後一堂歷史課〉，最後一篇是二〇二二年的〈幽浮臺北〉。〈最後一堂歷史課〉起初報名一個科幻小說獎，連決審都沒進去，隔年投林語堂文學獎卻得到首獎。這件事治好了我的文學獎焦慮，特別寫出來，是希望給還在獎海浮沉的朋友一點信心和安慰。文學獎就是運氣的遊戲，願諸位都有骰到六的那一天。

我很喜歡看其他創作者談作品背後的故事，所以也來分享每篇的靈感來源和寫作背景，大家可以當成正餐後的甜點隨意享用。Bon appétit！

在家樂福遇見買炭少女

身為一個曾經的中二少年，我腦中會胡亂幻想各種跟女孩邂逅的情節，碰見買炭少女就是其中一個。這故事一直無法好好展開，總感覺少了一點什麼，直到加入讀心元素才終於搞定。這篇是二〇一九年寫的，出版前校稿才發現，大直家樂福已經在二〇二二年底歇業了。

人屍之間

這篇小說改編自我申請國外電影學校的英文短片劇本〈Of Zombies and Men〉。當時選擇挑戰英美常見的活屍類型，不寫活屍肆虐當下，而是想像活屍末日結束後的故事。篇名致敬約翰・史坦貝克的小說《人鼠之間》。我原本計畫每一篇都要致敬一本名著，可惜最後沒成功。

小說為了投稿彰化的磺溪文學獎，加入鹿港天后宮還有羅大佑的歌詞，意外讓小說多了一點寫實色彩，我自己很喜歡。最後幸運得獎，感謝媽祖保佑。

神醫

我在哈拉瑞的《人類大歷史》讀到一件事，工業革命時許多人因為新機器失去工作，這些失業者若試圖破壞機器，將會被判處死刑。這讓我十分震驚，第一是刑罰的比例以今日標準來看顯然過重，第二就算在這樣嚴厲的罰則底下，還是有人不惜犯險也要奪回工作。於是我開始思考職業和生命的關係，當一個人從事某項工作長達四、五十年，工作對他的意義是否已和生命等重，甚至超越生命？

聖誕節的回憶

這篇致敬楚門．卡波提的短篇小說〈聖誕節的回憶〉。不只篇名一樣，甚至連開頭幾句都一模一樣，蘇可、巴弟和昆妮的名字也全部沿用，我就是這麼愛這個故事，愛到想寫一個自己的版本。遠流出版的《聖誕節的回憶》裡頭三個短篇都非常好，但我最喜歡的還是開頭的同名短篇，每次看到結尾都雙目含淚，心燙燙暖暖的，沒有一次例外。如果有人因為我去找了這篇小說來讀，我會非常開心。

等待超人

超人同學會的點子源自我在電影學校寫的短片大綱。後來這大綱沒有變成劇本，當然也沒有被拍出來，但我一直很著迷這個概念：畢業後同窗三年的鄰座同學可能變成大明星或是大老闆，但如果變成超人呢？如果超人要找大家開同學會呢？這肯定是最終極的物是人非。篇名致敬山繆．貝克特的戲劇《等待果陀》。

最後一堂歷史課

當時只覺得「交友軟體害人類滅亡」這點子蠻有趣的，咻咻咻五天就寫完了，不論時間和字數都是本書最短的一篇。沒想到最後拿到文學獎首獎，還治好了我的文學獎焦慮，CP值有夠高。

天長地久有限公司

這是我少數想不起創作起源的小說，只依稀記得我想寫一個諷刺愛情天長地久的恐怖故事。最後高潮必須像是電影《魔女嘉莉》片尾那樣，狂灑血漿彷彿不用錢，誰都不能阻止周安琪得到愛情，就連愛情本身也不行。

幽浮臺北

我喜歡的電影《異星入境》、小說《童年末日》、漫畫《DDDD惡魔的破壞》有一個共通點，都有動機不明的幽浮降臨人間。外星人到底要來做什麼？他們究竟是敵是友？這謎題就像宇宙一樣深邃神祕，非常吸引我。所以我決定也來挑戰看看，寫一個自己的版本，臺灣的版本。

4點48分的星際列車

有次跟好友K君喝酒，他提到日劇《東京愛情故事》最後一集，莉香跟完治說她會坐4點48分的列車離開，要完治來找她。「4點48分喔。」莉香特別強調。但當完治好不容易趕到車站，卻發現莉香已經搭上前一班車走了。那晚喝酒聊的事如今都忘光了，只記得那班4點48分的列車。

我一直很喜歡讀短篇小說集。比起長篇小說愛不愛一翻兩瞪眼，短篇集有更多選擇，像阿甘的巧克力盒，不需要全部都喜歡，只要能碰見一兩個打中心房的故事，這本小說集就值得了。

本書塞滿我過去幾年的胡思亂想，相比於我的長篇小說，我相信它更全面地呈現我的小說風格，不論好的壞的。希望大家都讀得開心，我們下個故事見！

天長地久
有限公司

東澤作品
005

天長地久有限公司 / 東澤作. -- 初版. -- 臺北市
: 春天出版國際文化有限公司, 2025.05
面； 公分. -- (東澤作品集)
ISBN 978-626-7637-40-1(平裝)

863.57　　114001074

ISBN 978-626-7637-40-1
Printed in Taiwan

作　　者　東澤
封面設計　克里斯
總 編 輯　莊宜勳
主　　編　鍾靈
責任編輯　黃郁潔

出 版 者　春天出版國際文化有限公司
地　　址　台北市大安區忠孝東路四段303號4樓之1
電　　話　02-7733-4070
傳　　眞　02-7733-4069
E－mail　frank.spring@msa.hinet.net
網　　址　http://www.bookspring.com.tw
部 落 格　http://blog.pixnet.net/bookspring
郵政帳號　19705538
戶　　名　春天出版國際文化有限公司
出版日期　二〇二五年五月初版
定　　價　330元

總 經 銷　楨德圖書事業有限公司
地　　址　新北市新店區寶興路45巷6弄6號5樓
電　　話　02-8919-3186
傳　　眞　02-8914-5524